辻番奮闘記

危　急

上田秀人

集英社文庫

目次

辻番奮闘記　危急

第一章　江戸の夜

一

　ようやく訪れた泰平を謳歌《おうか》していた江戸の庶民たちに衝撃が走った。

「老中松平伊豆守信綱《まつだいらいずのかみのぶつな》に賊徒討伐を命じる」

　寛永十四年（一六三七）十一月十五日、三代将軍家光《いえみつ》が寵臣《ちょうしん》に軍配を手渡した。

「ただの一揆《いっき》ではなかったのか」

「すでに板倉内膳正《いたくらないぜんのかみ》さまが出向かれたはず。それほど日時は経《た》っていないのに、ご老中さまが……戦況が思わしくないのか」

　江戸に不安が拡《ひろ》がった。

　戦国最後の合戦大坂夏の陣から二十二年、徳川に逆らう大名はなく、江戸は天下人の城下町として発展を続けていた。

　戦《いくさ》がなくなれば、人は未来《さき》を見つめる。戦いで奪われた財産、命が保障されるからだ。

金を蓄えても大丈夫だ、子を産んでも育てられる。

安心は人々を動かし、日々豊かに世のなかを変えていく。

そこに九州島原松倉長門守勝家《まつくらながとのかみかついえ》の領地でキリシタンによる一揆が起こったとの報が届いた。

「九州ってどのあたりだ。箱根より向こうだろう」

「大名の謀叛《むほん》じゃなくて、一揆ならばどうということもなかろう。鍬《くわ》や鎌では勝負にもなるまい」

当初、誰もが一揆を軽く考えていた。

「書院番頭《しょいんばんがしら》の板倉内膳正さまが総大将として進発された。もう、一揆は鎮圧されたも同然だ」

九州という遠方での一揆は、あっという間に江戸の庶民たちの頭から消えた。それだけ生活の立て直しに皆忙しかった。

そこに青天の霹靂《へきれき》であった。

「ご老中さまが出るなど……」

「九州はもう切支丹《キリシタン》の手に落ちたのか」

それだけ老中の出撃という事象は大きかった。

「また、奪い奪われる日々が帰ってくる」

乱世の再来を怖《おそ》れた庶民たちによって江戸は不穏な状況へと落ちた。日が落ちてからも人通りのあった通りも、日暮れ前から人気《ひとけ》がなくなり、商家は明るい内に店じまいをし、固く表戸を閉ざした。

江戸の夜は暗い。油は高く、一夜明かりを灯し続けられるのは、かなり裕福な大名、豪商くらいで、普通の町屋では日が暮れるとさっさと寝てしまい、灯油を使うことなどない。

灯燈などという贅沢《ぜいたく》なものは少なく、月明かり、星明かりだけが江戸を照らす。

そこへ九州の一揆である。

天下人徳川の城下町として膨張を続ける江戸には、毎日仕事を求めて人が流入してきている。そのなかには西国の者もいる。

故郷で一揆が始まった。江戸にいてはなにもできない。どころか、様子を知ることさえできない。だけに不安は募る。

九州から遠く離れた江戸も一揆の影響を強く受けていた。

「遅くなっちまった」

提灯《ちょうちん》を片手に持った町人が、小舟町《こぶなちょう》を小走りで急いでいた。

「話しこみ過ぎたか。まあ、おかげで商いにはなった」

町人は満足そうに呟《つぶや》いた。

「待て、そこな町人」

五間《けん》（約九メートル）ほど先の辻《つじ》の闇から制止の声がした。

「……………」

町人が提灯を突きだして、闇を照らそうとした。

「懐が厚そうじゃな。置いていけ」

闇からぬっと白刃が突き出た。

「ひっ、強盗」

月明かりを反射した白刃のきらめきに町人が怖《お》じ気《け》づいた。

「命までは取らぬ。金だけでいい」

「ご、ご勘弁を。この金は明日の仕入れの……」

「……かあぁ」

いきなり闇から飛び出した牢人《ろうにん》が町人に斬りかかった。

「ひくっ」

牢人の殺気に腰が抜けた町人は、避けることさえできず斬り伏せられた。

「金か命かと訊《き》いたであろうが。両方は持ち帰れぬ。さっさと金を差し出せば、殺しはせぬものを。生きていれば金は稼げるというに……愚かな」

死んだ町人を牢人は冷たく見下ろした。

「思ったより重いな。これでしばらくは生きられる。ここ最近、江戸が静かで出歩く者も減ったおかげで、獲物にありつけなかったからな」

牢人が町人の懐から財布を取りあげた。

「嫌な夜だぜ」

吉原《よしわら》で遊んだ帰り、男が首をすくめた。

「人が少なすぎらあ。妓《おんな》も泣いてたぜ。九州で一揆が始まってから客足が落ちたってな。そのお陰でもてたがな」

身体《からだ》に残った脂粉の香りを嗅ぎながら男が頬を緩めた。

「明日も行ってやるかあ。いや、ちいと日にちを空けねえと腎虚になるな。あの歓待振りじゃ……」

独りごちた男が崩れ落ちた。

「手応えのない。町人相手ではこのていどか。九州で戦が起こったという。戦に加わるために試し斬りをしてみたが……人とはあっけないものよ。一振りで死ぬ。これならば、仕官できるほどの手柄が立てられよう」

背後から男を襲った武士が、手にした太刀を何度も振った。

「いや、一度だけで決めるのはまずい。もう、四、五人やってから陣場借りに出るべきだ。次は侍を仕留めてみたいの」

太刀に付いた血脂を拭いながら、牢人が闇へと沈んでいった。


もちろん、町方役人も手を拱《こまぬ》いていたわけではなかった。夜間の巡回を増やしたうえ、同行する小者に刺股《さすまた》や袖がらみなどの捕縛道具を持たせもした。しかし、町奉行所に属している与力、同心を合わせても百七十人ほどしかいない。しかも、そのほとんどが行政を担当する者で、町廻《まちまわ》りをおこなうのは南北両町奉行所を合わせても二十人に満たない。

「神妙にいたせ」

運良く巡回中に辻斬りや強盗を見つけても、人数が少なすぎて取り逃がしてしまう。

「拙者を捕まえる。ふん、片腹痛いわ。喰《く》らえ」

下手をすれば、辻斬りに返り討ちに遭う始末であった。

「今は、そのようなことに構っている場合ではない」

町奉行所から出される増員の願いを、老中たちは相手にしなかった。

「切支丹どもを滅ぼす。これこそ最優先である。辻斬りていど、辻番で対応できようが」

老中たちにとって江戸の治安は二の次であった。

「一同、注目いたせ」

肥前平戸藩松浦肥前守重信《ひぜんひらどはんまつらひぜんのかみしげのぶ》の上屋敷で、江戸家老滝川大膳《たきがわだいぜん》が江戸詰藩士を集めた。

「殿が御上《おかみ》の命により急帰国なされた」

島原での一揆勃発に、徳川幕府は異例ともいえる早さで対応していた。

十一月九日、第一報が江戸へ届いた翌日には、大名たちに総登城を命じ、状況を説明、十一日には一揆の拡大阻止のため西国大名らを帰国させた。

平戸と壱岐《いき》を領する松浦家もそのなかの一つである。どころか、平戸には未《いま》だキリシタンの潜伏が疑われており、いち早い対応を取らなければならなかった。

今年の五月に父隆信《たかのぶ》の死を受けて、十六歳で襲封したばかりの肥前守重信にとっては、初国入りが重圧の伴うものになった。

「留守は、不肖ながらこの大膳がお預かりした」

先代隆信のころから江戸家老を務めている滝川大膳は、老境にさしかかっているとは思えない張りのある声で語った。

「板倉内膳正さまが出られて十日も経たぬうちに、ご老中松平伊豆守さまのご出馬となった。これは戦況があまり芳しくない証拠である」

板倉内膳正は九州諸大名の軍勢を指揮する権限を与えられて島原へと旅だった。幕府は島原の一揆の対応を板倉内膳正に任せた。

その舌の根も乾かぬうちに松平伊豆守に台命《たいめい》が下った。これは板倉内膳正では力不足だと幕府が考えたとの証明であった。

板倉内膳正が一軍の将として劣っているわけではなかった。そうであれば、最初から討伐の将に選ばれるはずはない。幕府の執政たちもそこまで愚かではなかった。

となれば、板倉内膳正では、対応できないほど一揆がすさまじいという情報が幕府へもたらされたとしか考えられなかった。

「庶民どもも不安を感じておる」

滝川大膳が続けた。

「そのうえ、藩主公の帰国に供しただけ江戸から西国諸藩の家臣が減った」

一同を滝川大膳が見回した。

「今、江戸は不穏に陥り、辻斬り、強盗が横行しておる」

滝川大膳が断言した。

「前置きはこれまでにしよう」

一度滝川大膳が間を空けた。

「当家の所領である平戸には和蘭陀《オランダ》商館がある。和蘭陀は切支丹を押しつけてこぬとはいえ、南蛮の国。御上の目は当家に厳しい」

「……………」

藩士たちが息を呑《の》んだ。

幕府は外様大名たちを潰すことに精力を注いでおり、安芸《あき》の福島、肥後《ひご》の加藤、会津《あいづ》の蒲生《がもう》など数十万石を誇る大名たちがいろいろな理由で改易になっていた。そこにいつ松浦家が入ってても不思議ではなかった。

「殿のお役目は日見《ひみ》、茂木《もぎ》の警固で島原への参戦ではない。西国諸藩のほとんどが島原攻めに兵を出すのだぞ。そのなかに当家は入っていない。これがどういうことかわかっておるな。申して見よ。斎《いつき》」

若い藩士を滝川大膳が指名した。

「当家が戦場で裏切るのではないかと、御上が懸念されているのでは」

斎と呼ばれた若い藩士が答えた。

「そうじゃ。当家は疑われている。その疑念をなんとか払拭せねばならぬ」

「まさに」

「さようでござる」

静かに聞いていた藩士たちが同意した。

「かといって、江戸から島原へおぬしたちを行かせるわけには参らぬ。無断での参戦は、それこそ、当家を咎《とが》める要因となる」

滝川大膳が首を横に振った。

「では、どういたせば」

中年の藩士が問うた。

「江戸の治安を我が松浦家が護《まも》る」

「無茶なことを。それは江戸町奉行所のお役目でございますぞ。それこそ、他人の縄張りに手出しをしたとして、咎めを受けかねませぬ」

とんでもないと中年の藩士が否定した。

「誰が町奉行所の仕事を横取ると申した。儂《わし》は治安を護ると言ったのである」

滝川大膳が言い返した。

「治安を護る……辻番でございましょうや」

斎が問うように口にした。

「そうじゃ。よくぞ、気づいた」

滝川大膳が斎を褒めた。

「辻番ならばすでにございますぞ」

中年の藩士が言った。

辻番、正確には辻番所というのは、大名や旗本などの屋敷の角に設けられた番所であった。

「戦国殺伐の余弊を受け、辻斬り盛んに起こる。即《すなわ》ち、番所を設けてこれに備えしめる」

寛永六年（一六二九）三月、幕府の命によって辻番所は創設された。

一万石以上の大名は一家で一つ、それ以下は数家で一つの辻番所を維持することが、幕府によって義務づけられていた。

平戸松浦家は六万三千百石である。辻番所を一家で構えなければならなかった。

「辻番はあるが、その効果はどうであるか」

中年の藩士へ滝川大膳が問いかけた。

「それは……」

「当家は未だ、一人も辻斬りや辻強盗を捕縛あるいは退治しておらぬ。日本橋坂本町《さかもとちょう》の丹後《たんご》田辺牧野家の辻番所は、すでに五指に余る辻斬りを防ぎ、上様よりお誉《ほ》めの言葉を賜っているというのにだ」

滝川大膳が憤った。

「この上屋敷は日本橋松島町《まつしまちょう》だ。坂本町とさほど離れてはおらぬ。というに、なにもないのは、どうしてなのだ」

「…………」

中年の藩士が黙った。

「もちろん、儂も辻番として詰めておる者が手を抜いておるとは思っておらぬ」

責めているわけではないと滝川大膳が告げた。

「だが、精勤しておるとは言えまい」

「……………」

辻番として勤務している藩士がうつむいた。

「将軍家のお膝元である江戸で、手柄を立てれば評判になることまちがいなしじゃ。上様からよくやったとお誉めいただけたならば、松浦家は安泰である。そうであろう」

滝川大膳が述べた。

「では、どのように……」

中年の藩士が具体策を問うた。

「辻番の人数を増やす」

滝川大膳が告げた。

辻番所を作れと幕府は命じたが、細かい規定までは設けられていない。番所といったところで、なかはせいぜい二畳くらいしかなく、一畳ほどの板の間と槍《やり》や刺股などの武器置き場を兼ねている土間だけと狭い。三人も入れば一杯になった。

「近隣との兼ね合いはどうなりましょう」

新たな懸念を中年の藩士が口にした。

「水沢の言うことも確かではあるが、御上の指示を軍役と考えれば、多いのは褒められこそすれ、叱られはせぬ」

大丈夫だと滝川大膳が答えた。

「ましてや、隣家はあの松倉さまじゃ」

今回の騒動の大元である。

「……………」

一同も沈黙した。

平戸と松倉家の治める島原は近い。隣り合っているわけではないが、治世についての噂《うわさ》が、いや事実が数日で聞こえてくるほどの距離である。

松倉家は苛政をしいていた。わずか四万石あまりの領地を、いい加減な検地で十万石と見積もり、そのぶんの年貢を徴収していた。

もともと松倉家は大和《やまと》の国主であった筒井《つつい》家の被官であった。筒井家の移封に従わず、大和に残り、あらたな国主となった豊臣秀長の家臣となった。関ケ原の合戦では、初代松倉重政《しげまさ》がほぼ単騎で家康のもとへ参じ、その功績で二見五条城主となり、さらに大坂の陣で手柄を立て、肥前島原四万三千石の大名へと出世した。

「我が松倉は家康さまのおかげで大身《たいしん》になれた。徳川への恩忘れまじ」

松倉重政、勝家親子は、軍備を進んで整え、幕府がキリスト教を禁じると厳しい弾圧をおこなった。

「切支丹を撲滅するには、本国をたたくにしかず。呂宋《ルソン》へ攻め入りましょうぞ。先陣承ります る」

さらに松倉は外征を主張、派遣軍を編成、斥候隊を先発させた。

豊臣秀吉の朝鮮侵攻が豊臣家の運命を短くしたことからもわかるように、渡海しての軍事は金がかかる。とても四万石やそこらでは負担できない戦費を、松倉は領内のすべてに税をかけて徴収した。

もともと島原はキリシタン大名として有名な有馬《ありま》家の所領であった関係で、キリシタンが多い。そこで悲惨な弾圧をおこなっただけでなく、領民に重税を課す。

いつ一揆がおこっても不思議ではないと松浦家では考えていた。そして、その一揆がやはりキリシタンの多い平戸へ飛び火することをなによりも恐れていた。

「松倉さまの屋敷へなにかを仕掛ける者がでてきても不思議ではあるまい。それへの対策となれば、多少の増員くらいどうでも言い訳できる」

滝川大膳が言った。

「それはわかりましたが、人員を増やそうにも番所に入りきれませぬ」

水沢と言われた中年の藩士が新たな問題を指摘した。

「もう一つ作ればいい」

あっさりと滝川大膳が断じた。

「番所を二カ所もなど聞いたことはございませぬ」

大名持ち、あるいは一手持ちと呼ばれる一万石以上の番所は一家に一つが普通であった。

「二つ作ってはならぬという法度《はつと》はない」

水沢の抗議を、滝川大膳が受け流した。

「問題は辻番だが、武術に長《た》けておらねばならぬ」

滝川大膳が、その場にいた者の顔を見た。

「それゆえ、斎弦ノ丞《げんのじょう》、田中正太郎《たなかまさたろう》、志賀一蔵《しがいちぞう》、そなたたちに新たな辻番を命じる」

「はっ」

「承りましてございまする」

江戸家老の指示は藩主の命である。斎弦ノ丞たちがうなずいた。

二

幕府が江戸の治安を諸藩へ丸投げにした。そう考えられてもしかたないのが辻番所の設立であった。

一万石以上の大名は一家で一カ所以上、一万石未満は近隣数家で組んで一カ所を運営せよとの命は、治安の悪化が江戸町奉行所では対応できないところまで来ていると公表したに等しい。

徳川家が江戸に幕府を開いて、三十四年。将軍も家康、秀忠、家光と継続してきた。直系での相続が二代続いたことで、天下は徳川のものと誰もが認めている。

その徳川の城下町江戸で、辻斬り、強盗が相次いだ。

もちろん、江戸の治安を預かっていた江戸町奉行所は躍起になった。日夜わかたず、町廻りを続け、下手人《げしゅにん》捕縛に執念を燃やした。が、南北両町奉行所合わせて与力五十騎、同心百二十人では、あまりに人手が足りなかった。しかも、町奉行所は辻斬り、強盗対策だけではなく、町方における行政すべてを担わなければならない。いや、どちらかといえば、こちらが主であり、辻斬り、強盗への対策は、町奉行所の任としては小さい。

それでも町奉行所役人は、意地を見せた。

何人かの辻斬りを討ち取り、強盗を捕縛した。だが、犠牲も大きかった。

なにせ辻斬りをして、人殺しを楽しもうという連中である。剣術をかなり遣う。町奉行所の与力、同心とて一応の修練を積んでいても、人を斬り慣れた者との戦いは厳しい。

何人もの与力、同心、小者が殉職した。

腕の立つ者の補充は難しい。なにせ、町奉行所の与力、同心は罪人を扱うことから不浄職として蔑まれている。大番組《おおばんぐみ》や、先手組《さきてぐみ》などから異動させようとしても、嫌がる者が続出した。

「侍身分である。そなたたち町奉行所の者では、相手にならぬ」

辻斬りの現場を押さえたならばまだしも、探索の結果こいつが犯人だとたどり着いても、身分を出されては引くしかない。町奉行所は町民と牢人を管轄するが、武家は直臣《じきしん》、陪臣《ばいしん》のどちらにも手出しできなかった。

何日もかけた苦労が、この一言で潰《つい》える。徒労感はすさまじい。何度かこれを喰らえば、もう犯人捜しなどやる気力さえなくなる。

「これ以上の被害は、町奉行所の存亡にかかわる」

仕事に支障が出ては、己の手腕が問われる。

南北両町奉行所が揃《そろ》って老中へ嘆願した結果、老中たちが動き、辻番所設立の触れが出た。

「当家の武を見せつけるときぞ」

「江戸の安寧を乱す者に、正義の鉄槌《てっつい》を下さん」

当初、諸大名たちは辻番所へ力を入れた。

なにせ江戸は徳川の城下町である。将軍のお膝元での活躍になる。

「何々家の辻番が、辻斬りを仕留めましてございまする」

「盗賊がどこどこの辻番によって退治されたとのよし」

将軍の耳に、手柄が届く。

「さすがは天下に名の知れた何々家である」

将軍が称賛してくれれば、幕府の対応も変わる。外様大名にとって、これは大きな功績になった。

「聞いておらぬ」

かつて安芸広島城主福島正則《まさのり》が、大水で崩れた城の石垣補修を年寄の本多正純《ほんだまさずみ》に話を通して工事を始めたにもかかわらず、幕閣はこれを無届けの普請として処罰、福島家を改易した。

もうここまで悪辣なまねはしないだろうが、それでも一年でいくつかの大名が潰されたり、僻地《へきち》へ移されたり、領地を削減されている。

将軍の気に入れば、それらの仕打ちを受けにくくなるだろうと、大名たちは辻番に精励した。

しかし、それも数年のことであった。

「城下であったことをいちいち上様のお耳にいれるわけなかろう」

手柄顔で報告に来る大名たちを、老中松平伊豆守が冷たくあしらった。

「江戸を護るのも大名の仕事である。参勤交代は江戸番の軍役ぞ」

当たり前のことをして、褒美を強請《ゆす》るなとまで老中松平伊豆守に言われては、外様大名たちも気づく。

辻番は、幕府が諸大名に面倒をおしつけただけであった。

「馬鹿らしい」

「徒労でしかないわ」

人というのは現金なものだ。なにかしらの褒美があると思えばこそ、奮励努力する。一生懸命勤めてもなにもないとわかれば、一気にやる気をなくす。

「当家の屋敷外周りだけでいい」

「無理はするな。怪我《けが》をしては意味がない」

辻番所は形だけのものに落ちた。


辻番所は昼間一人ないしは二人、夜間は三人というのが普通とされている。夜間が増えるのは、辻斬りの出没は他人目《ひとめ》につかない暗闇が多いからである。

松浦家はその辻番所を二つ設け、戦力の増強を図った。

「交代はどうする」

新しい辻番所ができるまでの間も選ばれた三人は、辻番としての仕事をこなさなければならなかった。

「我らだけで一組を作るのは厳しいぞ」

もっとも年嵩《としかさ》になる志賀一蔵が難しい顔をした。

定員と同じ数で毎日の仕事をこなすのは無理であった。三人では夜番を毎日しなければならなくなる。昼を一人として二人休んでも、当番となった一人が丸一昼夜仕事をしなければならないのだ。一カ月や二カ月くらいならば、なんとかなるだろうが、半年、一年はもたない。

「あと二人は欲しい」

弦ノ丞もうなずいた。

「滝川さまにお願いするか」

「そうよな」

「それしかあるまい」

田中正太郎の意見に、二人が同意した。

しかし、陳情への答えは、拒否であった。

「手が足らぬ」

「江戸詰の者の半分が殿のお供をして江戸を離れておる。残っている者も、ほとんどが勘定方《かんじようかた》や納戸方《なんどかた》などの役方じゃ」

戦で役に立ちそうな番方は、藩主について国元へ帰っている。残っている番方は少ない。辻番だけではなく、御使者番や屋敷の警固、藩主一門の護衛などに割けば、余裕はまったくなかった。

「戦が終わって皆が帰ってきたら、なんとかしてやる。それまでは厳しいだろうが、三人でやるように」

陳情は認められなかった。

「もう一つの辻番所の者と手を組むわけにはいかんなあ」

志賀一蔵が嘆息した。

同じ藩ながら、いや、同僚なればこそなのかも知れなかったが、新しい辻番三人は、古い辻番五人から目の敵にされていた。

なにせ設置の理由が、今までの辻番は何の手柄もたてていないと非難されたところにある。

「御家老さまに文句は言えないが……もう少しお言葉を変えていただきたかったの」

「……たしかに」

なんともいえない表情をした志賀一蔵に、田中正太郎が賛意を示した。

「…………」

若い弦ノ丞は沈黙を守った。

「番所もないことだしな。夜は三人で屋敷のあるこの松島町を見回るとして、昼間はどうする」

志賀一蔵が田中正太郎と弦ノ丞を見た。

「本日は、わたくしが一人で見回りまするゆえ、お二人は夜に備えてお休みくだされ」

貧乏くじは歳下《としした》の義務である。弦ノ丞が初日の見回りを担当すると名乗りを上げた。

「そうしてもらおうか。では、明日は……」

「拙者が承ろう」

ちらと目を向けた志賀一蔵の意図をくんで、田中正太郎がうなずいた。

「明後日は儂がやる」

志賀一蔵が言い、当番が決まった。

「番所ができるまで、この形でやろう。番所ができれば、非番の一人は番所待機とすればいい」

「いささか厳しいですが、やむを得ませぬな」

「承知」

三人が休みなしで勤務を続ける。過酷な状況だが、藩命とあればいたしかたない。三人が納得した。

見回り当番となった斎弦ノ丞は、一度与えられている長屋へ戻った。

「草鞋《わらじ》をお願いいたしまする」

弦ノ丞は足下を固めた。雪駄《せった》などだといざというとき足が滑る。脱げばいいといえばいえるが、裸足《はだし》になれば地面から出ている石や、落ちている木くずなどで怪我をしかねない。

戦いに行くとはいえないが、武を遣うかも知れない見回りで、足下をおろそかにするのは心得がないとして笑われる。

「お役目ですか」

土間まで出てきた弦ノ丞の母が、草鞋を用意しながら尋ねた。

「はい。昨日お話しいたしました辻番で見回りに出まする」

母に弦ノ丞が告げた。

「しっかりとお勤めなさいませ」

「はい」

弦ノ丞が母の励ましにうなずいた。

「夕餉《ゆうげ》には一度戻りまするが、今夜より寝ずの番をいたします」

「それはご苦労さまですね」

「では、行って参りまする」

話しながら草鞋を履いていた弦ノ丞が立ち上がった。

松浦家の上屋敷は日本橋松島町の一画を占める。隣が肥前島原の領主松倉家の上屋敷であり、辻を挟んだ東に伊予大洲《いよおおず》領主の加藤家がある。近くには筑後柳川《ちくごやながわ》の立花《たちばな》家や近《おう》江《み》仁正寺《にしょうじ》の市橋伊豆守《いちはしいずのかみ》、出羽本荘《でわほんじょう》の六郷兵庫頭《ろくごうひょうごのかみ》の上屋敷など、外様大名と譜代小藩の屋敷が並ぶ。加藤家をこえれば、隅田川に沿って作られた寺町があり、江戸の城下でも外れに近い。

同じ日本橋でも吉原のある葺屋町《ふきやちょう》とは反対になることで、暗くなると人通りはまったくといっていいほどなくなる。

屋敷を出た弦ノ丞は左に進み、まず松倉長門守勝家の上屋敷のほうへ歩いた。

固く門を閉ざした松倉家の表門に、落首を書いた紙が貼られていた。

「……落首《らくしゆ》か」

「町人は耳が早い」

九州島原は江戸から三百里（約千二百キロメートル）ほど離れている。まず、生涯を江戸で過ごす庶民たちにとって、唐天竺《からてんじく》、南蛮と同じである。はっきりいって対岸の火事である。

そんな遠い国の話でも、江戸の庶民は事情をよく知っている。もう、島原の一揆が松倉家の圧政が原因だと気づいていた。

「肩身が狭かろうな」

明日は我が身である。松浦家は領民に重税を課さずとも平戸のオランダ商館を通じての異国交易のあがりがあり、裕福であった。まず、一揆などが起こることはないが、幕府の命もあり、キリシタンへの圧迫は軽いながらしている。キリシタンの暴動はありえる。

キリシタンを禁教としている幕府にとって、百姓の起こす一揆よりも信徒の暴動がまずかった。

弦ノ丞は松倉家に同情した。

松倉屋敷の前を過ぎると旗本屋敷がいくつかあり、辻にあたる。

そこから先は松倉家と旗本たちによる寄合番所の担当になる。もっとも現状、松倉家の辻番所は機能していない。

弦ノ丞は、次の角を左に折れ、他家の担当域に足を踏み入れた。

「…………」

寄合番所は数家が金を出し合って維持する辻番所である。一万石未満の旗本が数家で一つを受け持つが、責任の所在が曖昧なこと、当番となる旗本の家臣たちのやる気がないことなどもあり、ほとんどなにもしていない。

普通は通る者をよく観察し、不審なようであれば誰何《すいか》の声をかけ、場合によっては身《み》分検《ぶんあらた》めをしなければならないのだが、そんなことをして面倒になっては主家に傷が付くと、見て見ぬ振りをしていた。

「かかしだの」

聞こえないように口のなかで、弦ノ丞は呟いた。

松浦家の上屋敷がある一画を一周するのに、小半刻《こはんとき》（約三十分）もかからない。このまま屋敷へ戻っても暇を潰すだけになる。

「足を伸ばすか」

弦ノ丞は屋敷の一画を離れて、周囲を探索した。

「人が少ないな」

武家屋敷が多いこの辺りは、日中の人気はかなりあった。

一門への用を携えた御使者番、上屋敷から中屋敷、下屋敷へと行き来する藩士、江戸屋敷に住んでいる武士を相手にする商人と、日が暮れるまで人が途切れることはない。

「西国諸藩の屋敷が多いからだろうな」

弦ノ丞が独りごちた。

「昼間でこれならば、夜はもっと閑散としよう」

たっぷり一刻（約二時間）ほど費やして、弦ノ丞は屋敷へ戻った。

三

暮れ六つ（午後六時ごろ）に表門へ集合と決められている。

長屋で早めの夕餉をすませた弦ノ丞は、母が用意してくれた夜食代わりのにぎりめしを懐に入れて、表門へ向かった。

「早いの」

「最初だったか」

先達《せんだつ》たちを待たせなかったと弦ノ丞が安堵《あんど》のため息を吐《つ》いた。

すぐに田中正太郎が来た。

「待たせたか」

続くように志賀一蔵が顔を出した。

「昼間はどうであった」

志賀一蔵が弦ノ丞へ訊いた。

「松倉家に落首が……」

見てきたことを弦ノ丞が語った。

「落首か。町民どもは遠慮がないからの」

「捕まれば、ただではすみませぬのにな」

志賀一蔵と田中正太郎が顔を見合わせた。

落首は幕政批判のものが多い。さすがに聚楽第《じゅらくだい》に落首を書かれた豊臣秀吉のように、一族郎党六十余人を連座させるほどのことはないが、本人はまちがいなく死罪になる。

将軍家への批判ではないだけに、幕府に捕まっても入牢《じゅろう》あるいは叩《たた》きなどですむだろうが、松倉藩の上屋敷へ連れ込まれたら、まず生きてはでられない。

大名にとって面目ほど重いものはないのだ。落首を貼られただけで、松倉勝家は大恥をかく。少なくとも、江戸城中で他の大名からの嘲笑は受ける。藩主の怒りは家臣へ向かうのが常である。まちがいなく当日の門番は追放、悪ければ切腹になる。それを避けるにはやった者を捕まえ、そこに藩主の怒りを向けるしかない。

松倉家は今、謹慎していなければならない立場ゆえに、おおっぴらに犯人捜しをしていないだけで、騒動が落ち着くなり、藩士たちが動き出すのはまちがいなかった。

「はがしてあるの」

手にしていた提灯を志賀一蔵が少し掲げ、松倉家の表門を照らした。

「跡は、しっかりわかりますな」

たっぷりの糊で貼ったのだろう。落首の書かれていた紙の大きさに白い糊跡が残っていた。

「大事ないな」

提灯で周囲を照らし、志賀一蔵がなにもないことを確認した。

「行きますか」

田中正太郎が歩き出した。

「松浦家の辻番でござる。夜回りをいたしておりまする」

誰もが通る日中は挨拶をしなくてもいいが、夜間となれば話は別になる。

「通れ」

寄合番所に詰めている旗本家の辻番が、えらそうに手を振った。

「ごめん」

志賀一蔵が代表して応じ、田中正太郎と弦ノ丞も頭をさげた。

「かかしのわりに……」

弦ノ丞が思わず罵った。

「これ」

志賀一蔵がたしなめた。

「今は徳川の天下じゃ。徳川の直臣が外様大名の家臣へ横柄な態度を取るのは当然である。日が東から上がるといって、文句を言うか。言うまいが」

「心得違いをしておりました」

弦ノ丞は詫《わ》びた。

「まあ、腹が立つのは、儂も同じだが、顔に出しては殿に迷惑がかかる。気をつけよ」

「はい」

諭された弦ノ丞がうなずいた。

旗本と大名、とくに外様大名は仲が悪かった。旗本にすれば、徳川が三河《みかわ》の一大名のときから支えて来たのは我らであり、天下統一の功労者だという自負がある。外様大名など、徳川が天下を取ってからすり寄ってきた日和見者としか考えていない。譜代大名でも同じである。己に与えられなかった万石を領した同僚への妬みが強い。

対して外様大名には、外様大名の矜持《きょうじ》があった。豊臣の天下で、外様大名は徳川家康と同格だったのだ。天下を家康が豊臣から奪ったため、保身として従っているだけで、徳川家の家臣に過ぎない旗本たちとは、立場が違うと思っている。

旗本、外様大名とも互いに相手より上だと信じている。

が、現実は厳しい。天下人の徳川にとって、外様大名は信頼に値しない配下であり、譜代の家臣である旗本とは価値が違う。

喧嘩《けんか》両成敗《りょうせいばい》を基本としているため、旗本と外様大名が争えば両方を咎めだてるが、やはり旗本側に傾くのは当然であり、被害は外様大名が多めになる。

千石の旗本と争って六万石をふいにするなど、どう考えても割に合わない。

なにかあれば外様大名を潰してやろうと幕府は狙っている。旗本とのもめ事など起こしてくれれば、待ってましたと大目付が出張って来た。

「決して、旗本の機嫌を損ねるな」

重職が藩士たちに釘《くぎ》を刺すのも当たり前であった。

「……なにもなかったの。次は一刻のちとしようか」

加藤出羽守の上屋敷との境になる辻を出たところで、志賀一蔵が口にした。

「お待ちを……」

弦ノ丞が角を曲がろうとした先達二人を制した。

「どうした」

「なにかあるのか」

志賀一蔵と田中正太郎が問うた。

「聞こえませぬか」

弦ノ丞が耳に手を当てた。

「……これは」

「剣戟《けんげき》の音……」

すぐに二人も気づいた。

「どこだ」

「松倉さまの門前ではないか」

「おそらく」

田中正太郎の推測に、弦ノ丞も同意した。

「待て、いきなり飛び出すな。まずは状況を確認いたしてからにせよ」

駆け出そうとした弦ノ丞を志賀一蔵が押さえた。

「……失礼を」

注意された弦ノ丞が深呼吸をした。

「よし」

落ち着いたと見た志賀一蔵が、弦ノ丞の肩に置いていた手を外した。

「行きまする」

ゆっくりと弦ノ丞が角から顔を出した。

「当家の辻番はなにを」

屋敷の角に辻番所は設けられている。田中正太郎の疑問は当然のものであった。

「……誰もおりませぬ」

辻番所を覗《のぞ》いた弦ノ丞が驚いた。

「なんだと」

志賀一蔵が絶句した。

「三人おるはずだ。それが誰もおらぬなど……」

田中正太郎も目を剝《む》いた。

「今は、それどころではございませぬ」

空の辻番所を気にした二人に、弦ノ丞が声をかけた。

「向こうで大きな動きがあったようでございまする。一人斬られたかと」

闇をすかして見ていた弦ノ丞が告げた。

「それはまずい。当家の屋敷の範囲ではなかろうな」

志賀一蔵が顔色を変えた。

死体がどこに転がっているかは大きな問題であった。松倉家の屋敷前であれば、どれほど悲惨な死体があろうとも、松浦家には飛び火しない。せいぜい、聞き合わせがあるていどですむ。

しかし、死体の足でも手でも、屋敷の範囲に入っていれば、かかわりを持たされた。町奉行所の取り調べから、目付、あるいは大目付の尋問まで受けさせられる。面倒ごとどころの話ではなかった。

「それは大丈夫のようでございますが、次はわかりませぬ。いかがすれば」

まだ争いは続いている。弦ノ丞が判断を急《せ》かした。

「よし、辻番として誰何をする。対応はその後でよいな」

年嵩の志賀一蔵が指揮を執った。

「承知」

首肯した弦ノ丞が飛び出した。

「わかりましてござる」

田中正太郎が続いた。

「松浦家の辻番である。争闘の様子にはせ参じた。役目柄、問い合わせる。何者であるか」

弦ノ丞が提灯を突きだして詰問した。

「意趣遺恨の争いでござれば、お口だし無用に願う」

攻めたてている側から拒絶の答えが返ってきた。

刀を抜けば、咎めを受ける。これが決まりである。戦場でもないところで、人を斬れば、仇討《あだう》ちでもない限り、切腹は免れない。それでも我慢できないほどの意趣遺恨を晴らすために命を懸けている。こう言われれば、黙って見守るのが武士の嗜《たしな》みとされている。

弦ノ丞が提灯を下げた。

「違う、こやつらは辻斬り強盗の類《たぐい》でござる」

劣勢側から否定の言葉が発せられた。

「まずはお名乗りをいただきたい。でなくば、胡乱《うろん》な者として対応いたしますぞ」

状況を整理しなければならない。弦ノ丞がもう一度誰何した。

「…………」

「それは……」

どちらも弦ノ丞の問いには応えなかった。

「斎」

追いついていた志賀一蔵が、弦ノ丞に声をかけた。

「はっ」

介入するとの意思表示だと弦ノ丞は悟った。

「双方、刀を引いていただく。お従いいただけぬとあれば、実力を行使することになる」

弦ノ丞が宣した。

「邪魔するな」

「…………」

意趣遺恨と言った男が、厳しい口調で拒み、劣勢側も無言で拒否した。

「参る」

問答はもう無駄だと松浦家辻番三人が太刀を抜いた。

「ちっ。愚か者が。見て見ぬ振りをしておればよいものを。おい」

意趣遺恨と口にした男が、仲間の一人に合図をした。

「承知」

小さくうなずいた仲間が、手にした太刀を上段に掲げた。

「松浦家とことを構えるというのだな」

志賀一蔵がもう一度念を押した。

「さえずるな」

するすると見事な足運びで侍が間合いを詰めてきた。

「お任せを」

相手をすると弦ノ丞が提灯を置き、前に出た。

弦ノ丞は太刀を青眼に据えた。

青眼は身体の中央に太刀を置き、切っ先を相手の喉へと擬す。攻防一体の構えで、剣術においては基本中の基本とされている。

腰の据わり、腕の揺るぎなさ、眼《め》の付けどころなど一目で技量のていどが如実に見て取れる。

「ほう……いまどきの辻番には珍しい」

上段の構えを崩さずに、侍が感嘆した。

「できる……」

その侍に、志賀一蔵が驚いた。

「田中、提灯を置け。備えよ」

言いながら志賀一蔵も提灯を手放し、太刀を構えた。

「わかりましてござる」

田中正太郎が続いた。

「面倒な。まあいい。一人ずつ倒せばすむ」

ぐいっと侍の姿勢が沈んだ。

「来る」

弦ノ丞が緊張した。

「けやあああ」

鳥のような気合いを発した侍が、低い姿勢から跳び上がり、そのまま落ちるように弦ノ丞の頭へと太刀を送った。

「なんの」

上段から、さらに上へと跳んだ。上から押さえつけるように来るとわかる。わかっていれば、対応はいくらでもできた。

弦ノ丞は、一撃を受けず腰を屈《かが》め、前へ出た。

「えいっ」

そして目の前に来た侍の両足を太刀で払った。

「ぐうう」

袴《はかま》のお陰で、それほど斬られたわけではないが、肉の薄い臑《すね》は人体の急所である。侍が呻《うめ》いて転がった。

「殺すな。捕らえてどこの者かを調べる」

追い討とうと太刀を構えなおした弦ノ丞へ志賀一蔵が命じた。

「……はっ」

弦ノ丞は、太刀を青眼へ戻して、反撃に備えた。

「くそっ、くそっ」

転倒してしまえば、攻撃は相手の足を狙っての薙《な》ぎしかなくなる。倒れた侍が近づくなと何度も太刀を振った。

「斎、こやつは任せろ」

田中正太郎が、弦ノ丞へ合図した。

「お願いをいたしまする」

弦ノ丞は、まだ続いている闘争へと意識を切り替えた。

「情けない。甘く見るからだ」

意趣遺恨と言った頭分らしい侍が、嘆息した。

「いたしかたなし。今宵《こよい》はここまでだ。引くぞ」

斬り結んでいた相手を蹴り飛ばして間合いを無理矢理作った頭分が、配下たちに指示した。

「おまえは死ね」

助けにいけば、まちがいなく不利になる。頭分が、横たわった侍に冷たく告げた。

「……つっ」

なんとか立ちあがろうとあがいていた侍が、唇を嚙《か》んだ。

「かあああ」

鼓舞するように叫んで、倒れた侍が首筋を太刀で裂いた。夜目にも紅《あか》い血が噴きあがった。

「ちいい」

近づこうとしていた田中正太郎が、あわてて下がった。血は目に入れば視界を奪い、手に付けば滑る。返り血も含めてできるだけ浴びないのが、武士の心得であった。

「……ひゅうう」

虎落笛《もがりぶえ》と呼ばれる独特の音を喉から漏らしていた侍が、ふたたび地に伏した。

「…………」

あまりの惨状に、弦ノ丞らは気を呑まれた。

「見事なり」

すでに配下は闇へ溶けこんでいる。殿《しんがり》とばかりに残った頭分が自裁した仲間を称賛した。

「なんだと。それだけか」

人一人の命が一言でかたづけられた。そのことに弦ノ丞が憤った。

「侍は死ぬのが仕事だ。松浦家は違うのか」

「うっ……」

頭分に言い返されて、弦ノ丞が詰まった。

「その面《つら》、覚えたぞ。無駄死にしたそやつの遺恨、いずれ晴らす」

最後にそう宣して、頭分が去った。

「あっ……待て」

手を伸ばした弦ノ丞だったが、すでに追うだけの気合いはなかった。初めて見る戦いによる死の重さに弦ノ丞は縛られていた。

「…………」

負けていた方が、倒れた味方を担いで、去ろうとした。

「待たれよ。貴殿らは……」

年長の志賀一蔵が、なんとか声を出した。

「首を突っこまれぬことだ。お家が大事ならばな」

志賀一蔵を制して、襲われていた侍の一人が告げた。

「家が大事とはどういうことだ」

家臣にとって藩は命よりも大切である。志賀一蔵が問うたのも当然であった。

「知るな。知ろうとするな。今あったことは忘れろ。それが松浦家のためだ。これは、おぬしたちの介入で生き残れたことへの礼だ」

釘を刺して、残っていた侍たちも闇へと消えていった。

「なんなのだ」

志賀一蔵が呆然《ぼうぜん》とした。

「…………」

弦ノ丞は、言葉さえ発せられなかった。

「……志賀どの」

争っていた双方の影がなくなったところで、田中正太郎が声を出した。

「この者の死骸はいかがいたしましょう」

「触るな。ここは一応松倉家の持ち場じゃ。下手に手出しをして、当家の扱いになってはまずい。ご家老さまにご相談申しあげねばならぬ」

問われた志賀一蔵が慌てた。

四

藩邸へ戻った志賀一蔵らは、夜中を押して江戸家老滝川大膳へ面会を求めた。

「どうした」

藩主の留守を預かる滝川大膳は多忙である。まだ御用部屋にいた滝川大膳が志賀一蔵らを招き入れた。

「さきほど……」

志賀一蔵が経緯《いきさつ》を報告した。

「なんだと」

事情を理解した滝川大膳が顔色を変えた。

「……むうう」

驚愕《きょうがく》を一瞬で抑えこんだ滝川大膳が思案に入った。

「志賀、当家の辻番所へ助けを求めなかったのか。あと三人おれば、一人くらい押さえられたであろうに」

滝川大膳が叱責した。

「それが……」

気まずそうに志賀一蔵が辻番所が空だったことを伝えた。

「……馬鹿な。夜の辻番所には三人詰めておるはずだぞ」

滝川大膳が呆然とした。

「おい、辻番の頭浮橋主水《うきはしもんど》を呼んで参れ」

御用部屋で家老の雑用を受ける藩士に滝川大膳が命じた。

「はっ」

駆けていく藩士を見送って、滝川大膳が志賀一蔵に問うた。

「松倉家の辻番所はどうなっていた」

「灯りも点《つ》かず、無人のように思えましてございまする」

志賀一蔵が答えた。

「無人か。辻番を置く余裕もないと見るべきか……それとも灯りを点けることまではばかったか」

ふたたび滝川大膳が思案し始めた。

「一揆が起こったのはかなり前であろう。なんとか世間に知れる前に鎮圧しようとするのが普通だからな。しかし、松倉家は四万石そこそこだ。そこまで兵の数は多くない。江戸屋敷に詰めていた者も国元へ呼び返されたはず……」

一揆は恥であった。百姓を押さえられぬのは、治世の能力がないと見られる。大名として領地を持つには値しないと見られる最大の原因が一揆なのだ。

起こってしまったなら、どうにかして自家だけでかたづけたい。どこの大名もそう思う。松倉が出せるすべての兵を動員したのは当たり前であった。

「その不審な者たちは、松倉家に人が居ないと知っていた……どころか、当家の辻番がいないともわかっていた」

滝川大膳が震えた。

「ご家老さま、お呼びと伺いました」

辻番を束ねている中年の藩士、浮橋主水が御用部屋へ顔を出した。

「来たか。そなたなにをしていた」

「なにをと言われましても、辻番所に詰めておりました。今も、そこから参りましたが」

浮橋主水が怪訝《けげん》な顔をした。

「ふむ。精勤じゃの。今宵はなにもなかったか」

滝川大膳がさりげなく問うた。

「はい。今夜も平穏無事でございまする」

「たわけっ」

堂々と答えた浮橋主水を滝川大膳が怒鳴りつけた。

「そなたたち、番所を空けておったであろう」

「そのようなことはございませぬ。さては志賀、そなた新たに辻番を命じられたからといって、我らを讒言《ざんげん》いたすつもりか」

浮橋主水が志賀一蔵を睨《にら》んだ。

「いい加減にせよ。そなたたちに謹慎を命じる」

「ご家老、志賀らの偽りに耳を傾けられては……」

「黙れ。なにごともなかっただと。つい今しがた、当家と松倉家の境目で武士同士の戦いがあったのだぞ」

まだごまかそうとする浮橋主水に滝川大膳が怒った。

「そ、そんな」

虚言を咎められた浮橋主水が蒼白《そうはく》になった。

「下がれ。顔を見たくもないわ」

滝川大膳が手を振った。

「…………」

言い訳も許されないと悟った浮橋主水が肩を落とした。

「ご家老さま、死体はどういたしましょう」

あらためて志賀一蔵が尋ねた。

「松倉家の辻番は出ていない。ということは、当家がかかわったと知っているのは……」

「我らと争っていた連中だけでございまする」

問うような目をした滝川大膳に志賀一蔵が応じた。

「明日の朝まで放っておくわけにはいかぬな」

「はい。当家の辻番はなにをしていたと非難されかねませぬ」

辻斬りや強盗に備えるのが辻番なのだ。それが死体に一夜気づきませんでしたは通らない。

「身元不明の死体があるとして、届け出るしかなさそうだ」

滝川大膳が嘆息した。

「留守居役を町奉行所まで走らせよ」

部屋の隅で控えていた藩士に、滝川大膳が指示した。

「斎」

じっと黙ったままであった弦ノ丞を、滝川大膳が呼んだ。

「はっ」

弦ノ丞が反応した。

「そなたは、長屋へ帰れ。今夜の勤めは免じる」

「いえ。お役でございまする」

滝川大膳の言葉を弦ノ丞が拒否した。

「気づかぬのか」

「なににでございましょう」

あきれる滝川大膳に弦ノ丞は首をかしげた。

「酷《ひど》い顔をしておるぞ、そなた。まるで地獄を見てきたような面じゃ」

滝川大膳が弦ノ丞の顔を指さした。

「えっ」

言われた弦ノ丞は、己の顔に触れた。

「触ってもわかるまい。これを使え」

文机《ふづくえ》の引き出しを開け、滝川大膳が手鏡を取り出した。

庶民の規範となるべき武家は身だしなみにも気を使わなければならない。月代、髭《ひげ》が伸びているのは武士の恥とされている。鏡を手近に置いてあるのは当然であった。

「お借りいたし……」

鏡を受け取って覗いた弦ノ丞が息を呑んだ。幽鬼のような、血の気《け》のない蒼白な顔がそこにはあった。

「そのような顔で、町奉行所の者と会って見よ。かかわりがないなどと言っても信用されまいが」

滝川大膳が嘆息した。

「そなたが下手人だと言われてもしかたないぞ、斎」

「……はい」

鏡を返し、弦ノ丞はうつむいた。

「今宵はゆっくり休め。明日には普通の顔で出て参れ。これは命である」

「承知いたしましてございまする」

命を出されれば逆らえない。弦ノ丞はそこで会合から外された。

「大丈夫でしょうや」

田中正太郎が、御用部屋から下がった弦ノ丞を気遣った。

「初めて目の前で人の死を見たのだ。衝撃を受けても当然じゃ。儂も大坂の戦いで初陣を経験したが……」

志賀一蔵がしみじみと言った。

「たしかに。わたくしも同じでございまする」

田中正太郎もうなずいた。

徳川家が豊臣家を滅ぼして後顧の憂いを断った大坂の陣から今年で二十二年にしかならない。

不惑をこえている志賀一蔵はもちろん、三十路《みそじ》の半ばを過ぎた田中正太郎も大坂へ参戦していた。

「…………」

やはり思い出したのか、滝川大膳も不快そうに頬をゆがめた。

「槍から伝わる肉を裂いた感触はなんとも……」

「鉄炮傷《てっぽうきず》で死んだ者の肉が爆《は》ぜて……」

「昔話は止《や》めよ」

滝川大膳が大坂の陣でのことを話し出した二人を制した。

「それよりも、町奉行所にどう説明するかを考えよ」

苦い顔で滝川大膳が二人を見た。

「そのまま話すべきではございませぬか」

田中正太郎が言った。

「かかわるなと残したこともか。それはまずい。もっと詳細をと町奉行所が食い下がるぞ。下手すれば大目付まで出張りかねぬ」

「そこまでいきましょうか」

懸念を表した滝川大膳に志賀一蔵が疑念を口にした。

「場所が悪い。松倉家の前ぞ。御上がもっとも気にしているところだ」

「なるほど」

「まさに」

滝川大膳の意見に二人が納得した。

「闘争の音に気づき、辻番所から駆けつけたところ、下手人は逃げ出した。後を追おうとしたが、足下に倒れている者がいたため断念、調べた結果すでに息絶えていたので、お届けした。このようにいたせば齟齬《そご》はきたさぬかと」

志賀一蔵が筋書きを立てた。

「そうじゃな。つじつまは合う」

滝川大膳が認めた。

「よし、町奉行所から人が来るまで、辻番所へ詰めておれ」

今夜の当番は三人とも謹慎させられている。辻番所はまたもや無人になっていた。

「承知いたしましてございまする」

「仰せの通りに」

志賀一蔵と田中正太郎が首肯した。


当たり前のことだが、辻番所は外がよく見えるように作られている。松浦家の辻番所は、加藤出羽守の屋敷との間にある辻にあった。

屋敷の塀を貫き、なかから出入りできるように作られた辻番所の前にはかがり火が置かれ、周囲を明るく照らしていた。

それでもかがり火の届く範囲は狭い。少し離れただけで人がいるかどうかさえわからないほどの闇になった。

幸い、満月が過ぎたばかりで、思いの外足下は明るかった。提灯なしでも歩くには困らない。

「来たようでござる。三本の曲がり筋が見えまする。あの提灯は南町でございましょう」

辻番所の前に立ち、警戒をしていた田中正太郎が、なかで控えている志賀一蔵に伝えた。

北町奉行所は北の文字を模《かたど》った印を、南町奉行所は南と三波をかけた印をそれぞれ提灯に入れ、遠くからでもわかるようにしている。

「月番は南町か」

志賀一蔵も辻番所の外へ出た。

江戸町奉行所は北と南に分かれ、一カ月ごとに月番を交代していた。もっとも町奉行所としての役目柄、月番でないからといって休みというわけではなかった。月番のときに受け付けた訴訟で処理しきれなかったものへの対応や、受け持ち区域の犯罪などへの担当はおこなう。とはいえ、表門を閉じ、新たな案件を引き受けないという意思表示はしているため、なにかあったときなどは月番へと報告することになった。

「南町奉行所吟味方与力、相生拓馬《あいおいたくま》である。松浦家の者か」

日が暮れるとどこの大名も門を閉じる。辻番所だけが開いている形になった。

「さようでござる。ご足労いただきありがたく存じまする」

不浄職として蔑まれる町方役人ではあるが、直臣である。志賀一蔵はていねいに腰をかがめた。

「どこだ」

「ご案内いたしまする。田中、後を頼む」

問われた志賀一蔵が先に立った。

「あそこに」

月明かりがある。あるていど近づいたところで、辻に横たわる死体が見えた。

「おい」

「はっ」

相生が顎で指示を出し、供をしていた同心たちが死体へと群がった。

「……どうだ」

少し離れたところで配下たちの動きを見ていた相生が問うた。

「詳しくは大番屋へ持ち帰り、医師の検死を受けさせねばわかりませぬが……袴に斬り跡が……」

説明のために同心が、死体の袴をたくし上げた。

「その下に青黒い跡があり、かなり腫れているように見えまする。これは足を斬りつけられたが、袴で刃が止まったのでございましょう。ただ、斬られなかったが、刀の一撃が脛の骨を折るかひびを入らせたため、逃げることができず、自害したのではないかと」

ほぼ真実に近い状況を同心が読み取った。

「であろうな」

相生も同意した。

「首の傷と刀の位置、刃に付いた血脂。そう考えるのが妥当であろう。なにか身元を示すようなものは」

「懐中物は小粒金がいくつか入った財布だけでございます」

手下らしい小者が、死体の懐を探った。

「刀はどうだ」

「死んでから少しときが経ったのでございましょう。指が柄《つか》を握ったままで固まっておりまして……」

別の小者が苦労していた。

「しかたねえ。そのあたりも大番屋へ戻ってからだな」

相生がうなずいた。

大番屋は、八丁堀《はっちょうぼり》の角に設けられた南北両町奉行所が共用で使う仮牢を備えた取り調べをおこなう場所である。広い土間を持ち、ここで死体の検案などもおこなわれた。

「戸板を用意いたせ」

相生が志賀一蔵に命じた。

「ただちに」

志賀一蔵は近い表門に走り、門脇の小屋で寝ずの番をしている門番足軽を呼び出した。

「戸板を一枚用意してくれ。表門を開けるなよ。潜戸《くぐりど》から出せ」

「へい」

志賀一蔵の指図に、門番足軽が応じた。

表門は城の大手門と同じ扱いを受けた。表門を開けて出入りできるのは、将軍、藩主、一門と来客だけである。また、表門を開けない限り、幕府役人とはいえ、屋敷へ踏み込むことはできなかった。

「お待たせを」

戸板を門番足軽二人が持ち出してきた。

どこの屋敷にも、病人や死者を運ぶための戸板を何枚か保持していた。穴が開いたり、古くなってひびの入った戸板を捨てずに取っておくのだ。でなければ、今使っている戸板を供出しなければならなくなり、開けっ放しのところが出る。また、用がすんだからといって、死体や怪我人を乗せて汚れた戸板をもう一度使うわけにもいかない。使い捨てていい戸板は大名屋敷では必須であった。

「あちらにおられる町方衆のところまで運べ」

志賀一蔵が相生のほうを指差した。

「おう、ご苦労。そこへ置け。おい、健作《けんさく》」

足軽たちに手を上げた相生が、手下の一人に声をかけた。

「へい。おい。足を持て」

言われた手下が、もう一人の手下と組んで死体を戸板の上に移した。

「そこの」

「……志賀でござる」

もののように呼ばれた志賀一蔵が、不機嫌を押し隠して名乗った。

「そうか。覚えておこう。今のところはこれで帰る。明日、詳しい事情を聞かせてもらおう。明朝四つ（午前十時ごろ）に南町奉行所まで……」

「辻番をいたしておりますので、無理でござる」

出向いてこいと言った相生の言葉を、志賀一蔵が拒んだ。

「……ちっ。面倒な」

相生が舌打ちした。

「しかたねえ。九つ半（午後一時ごろ）に来る。そのときに洗《あら》い浚《ざら》い話してもらおう」

志賀一蔵は藩士である。町奉行所の呼び出しに応じる義務はない。相生が妥協した。

「承知いたしましてございまする」

役人の来訪を拒むことはできなかった。志賀一蔵がうなずいた。

「……そういえば、辻番所の灯りさえ見えねえが、隣はどこの屋敷だ」

今、気づいたように相生が問うた。

「松倉長門守さまのお屋敷でござる」

訊かれれば答えなければならない。志賀一蔵が告げた。

「ほう、今、人気の松倉か」

にやりと相生が笑った。

「帰るぞ。じゃ、また、明日な」

相生が一同を率いて去って行った。

第二章　西方騒乱

一

島原での大規模な一揆《いっき》という、家光が三代将軍に就任してから初めての不祥事に忙殺されている幕閣のもとへ、松浦家から町奉行所へ報《しら》された異変の報告があがった。

「些細《ささい》なことを一々……我らの手をわずらわせるな」

老中阿部豊後守忠秋《あべぶんごのかみただあき》が、御用部屋に書付をあげた右筆《ゆうひつ》を怒鳴りつけた。

「今、我らが知っておかねばならぬことかどうかの判断くらいせい」

老中堀田加賀守正盛《ほったかがのかみまさもり》も同意した。

「申しわけございませぬ」

執政衆の機嫌を損ねて無事でいられるはずもない。筆写と御用部屋の雑務を担う右筆が震えあがった。

「よさぬか。二人とも」

老中酒井讃岐守忠勝《さかいさぬきのかみただかつ》が、阿部豊後守と堀田加賀守を制した。

「しかし、天下危急の折に、辻斬《つじぎ》りていどのこと……」

「心得違いをいたすな、豊後」

まだ言い募ろうとする阿部豊後守を老中土井大炊頭利勝《どいおおいのかみとしかつ》が叱った。

「些細と思えることでも、当事者にとっては大事である。我ら執政は、大事に隠れた小事を見逃してはならぬ。小事がいつ大事に変わらぬとも限らぬ。此度《こたび》の一揆でもそうじゃ。松倉長門守が呂宋《ルソン》出兵を言い出したときに、予想しておかなければならぬ」

「………」

気まずそうに阿部豊後守と堀田加賀守がうつむいた。

「切支丹《キリシタン》の撲滅には宣教師の日本侵入を絶たねば、禁教はなしえませぬ。そのため宣教師どもが南蛮から日本へ来る中継地である呂宋を制圧、御上《おかみ》の支配下にするべきでございまする」

松倉長門守勝家が領内に潜む隠れキリシタンの摘発に困り果てた結果、そう上申してきたのは半年ほど前のことであった。

「呂宋を征服すると申すか」

家光が身を乗り出した。

「そうなれば、宣教師どもが呂宋へ着いた段階で処罰できまする。我が国まで宣教師どもが来られなくなれば、国内の切支丹どもは支柱を失い、やがて消え去りましょう」

黒書院における松倉長門守謁見に同席していた松平伊豆守信綱が名案だと認めた。

「父ができなかった切支丹撲滅を、躬《みども》が果たすか……」

家光が暗い笑いを浮かべた。

弟駿河大納言《するがだいなごん》徳川忠長を溺愛し、嫡男である己を差し置いて三代将軍へ就けようとした父と母を家光は憎んでいた。神君と讃《たた》えられた徳川家康の裁定で、三代将軍は家光となったが、そのときの不安、悔しさを家光は、父秀忠、母お江与《えよ》の方、弟忠長の皆が死んだ後も忘れていなかった。

「良い案じゃ、長門守」

家光が乗り気になった。

「その先陣を当家にお申し付けくださいませ。松倉は御上への忠節においてけ人後に落ちませぬ。十万石の軍役をもって、呂宋への先遣をみごとなし遂げてみせまする」

松倉長門守が、さらに述べた。

「先陣を受けると言うか。まこと、長門守は忠義者じゃの」

やはり同席していた阿部豊後守が褒めた。

「上様、呂宋を平らげた暁には、長門守を呂宋守に任じてはいかがでございましょう」

「おおっ。さすがは加賀守じゃ。よろしかろう。長門守、無事任を果たした暁には、呂宋一国、そなたにくれてやる」

堀田加賀守の進言を家光は受け入れた。

家光は、小姓のころから仕えてくれている松平伊豆守、阿部豊後守、堀田加賀守を寵愛《ちょうあい》していた。また、三人も小身から引き立ててくれた家光を敬愛し、忠節を尽くした。

結果、家光は父秀忠のころから老中の任にある土井大炊頭と酒井讃岐守ではなく、寵臣三人に政のほとんどを預けるようになっていた。

「ありがたき仰せ」

褒賞を約束された松倉長門守が平伏した。

呂宋を一国と数えたことで、松倉長門守は国主となる。国持ち大名とも言われる国主は、少ない。加賀、能登を領する前田、薩摩《さつま》、大隅《おおすみ》を領する島津のように二国を持つ大大名は別格として、筑前《ちくぜん》の黒田、備前《びぜん》の池田、因幡《いなば》の池田、安芸の浅野、肥後の細川、肥前の鍋島《なべしま》、土佐の山内《やまのうち》、仙台の伊達《だて》など、十人足らずしかいない。御三家や一門を加えても二十余りだけである。それだけに国持ち大名の格は高い。

国持ちになる。これは大名にとって夢である。外様大名を潰しても、加増はしない徳川幕府において、まずあり得る話ではなかった。

松倉長門守が感激したのも無理はなかった。

「早速に準備へ移らせていただきまする」

こうして松倉長門守は、遠征の準備に入り、その費用を捻出するため、領地にさらなる税を課した。


「我らは話さえ聞いておらぬ」

「事後報告さえなかったの」

土井大炊頭と酒井讃岐守が、若い二人の執政を見た。

「それは……上様のご叡慮《えいりょ》でございましたし」

「上様がお喜びになられたことでござる」

阿部豊後守と堀田加賀守が小声で反論した。

「その結果が、今回の騒動である」

厳しい声で土井大炊頭が言った。

「長門守が日ごろから上様のご機嫌を取り結ぼうとして無理をしておることくらいわかっていただろうが」

松倉長門守は父重政の遺志を継いで、なんとか家格を高くしようとしていた。松倉家は関ケ原の合戦で取り立てられた新参者である。それも単騎で家康に願って参陣した、いわば陣場借り牢人《ろうにん》同様である。譜代大名や旗本からしてみると勝ち馬に乗ったとしか見えないのだ。徳川家康が苦労したころを知らず、一族一門を戦死させてもいない。それが関ケ原と大坂の陣の功績だけで大名でございと大きな顔をしているのが気にくわなかった。

外様大名にしてみれば、同じく徳川にすり寄って生き延びた同僚ながら、その歴史は浅い。豊臣の天下以前から大名であった者にしてみたら、大名になって二十年かそこらの松倉など、相手にしていなかった。

その扱いをどうにか変えようと、松倉は二代にわたって無理を続けてきた。

「無理の上に無理を重ねるようなまねを、なぜ止めなかった」

「そこまで馬鹿をするとは思いませなんだ」

咎《とが》めだてする土井大炊頭に、阿部豊後守が言いわけをした。

「それくらい見抜けずして、どうやって上様の補佐をいたすというのだ」

酒井讃岐守があきれた。

「大炊頭どの」

「……讃岐守どの」

二人の老執政が顔を見合わせた。

「まだまだ隠居できませぬな」

「まことに情けない」

土井大炊頭と酒井讃岐守が嘆息した。

「今一度、こやつらを躾《しつ》けねばなりませぬ」

「まあ、すべては島原の一揆を片付けてからでござるな」

酒井讃岐守の言葉に、土井大炊頭が後回しだと応じた。

「さて、右筆。その書付を余に」

酒井讃岐守が手を伸ばした。

「はっ」

右筆が堀田加賀守から書付を取り、酒井讃岐守へと渡した。

「豊後、加賀、そなたたちはなにを見ているのだ」

もう一度酒井讃岐守が叱った。

「なにをと仰せられましても……」

「辻斬りが一件あったと」

阿部豊後守と堀田加賀守が戸惑った。

「場所を考えたか」

書付を土井大炊頭へ回しながら、酒井讃岐守が問うた。

「届け出たのが松浦肥前守だとは……」

阿部豊後守が答えた。

「大名屋敷の配置を、そなたは覚えておらぬのだな。伊豆ならば、気づいたであろう」

「……うっ」

同じく家光の寵愛を競う同僚に比べられた阿部豊後守が、頬をゆがめた。

「…………」

堀田加賀守は酒井讃岐守から目をそらした。

「右筆、言うてみよ」

酒井讃岐守が右筆に命じた。

「松浦肥前守さまのお屋敷のお隣は、松倉長門守さまでございまする」

「……それは」

「なんだと」

右筆の答えを聞いた阿部豊後守と堀田加賀守が驚愕《きようがく》の声をあげた。

「その松倉長門守の屋敷前で辻斬りがあった。いや、辻斬りとは言えぬな。南町奉行の報告によれば、死体は自害したものと思われると書かれておる。辻斬りに襲われ、助からぬと悟った者が自害することもあり得ようが……」

「これは違うようでござるな。死体検案の報告が別紙として添付されておりますが、それによると、自害したときのものと思われる喉の傷以外、身体《からだ》に致命傷となる切創はなかった。ただ、両足の臑《すね》にかすり傷と骨を折られた跡があるだけ」

酒井讃岐守の目配せに土井大炊頭が応じて、別紙を読みあげた。

「辻斬りではない……」

「その死体の身許《みもと》は知れておるのでございますか」

ようやく阿部豊後守と堀田加賀守がことの不審さに気づいた。

「おぬしたちはいい」

騒ぎ出した二人に土井大炊頭が冷たく手を振った。

「讃岐守どの、お願いしてよろしいかの」

「承った」

対応を一任すると言った土井大炊頭に、酒井讃岐守がうなずいた。

「それは……」

「わたくしどもも老中でござる。かかわるべきでございましょう」

抗議の声を阿部豊後守と堀田加賀守があげた。

「二つのことを同時になせるほど、そなたたちはできておらぬ」

手厳しい一言を土井大炊頭が喰《く》らわせた。

「まずは島原のことをいたせ。松平伊豆守が上様の命を受けて出向いたのだぞ。伊豆守、すなわち老中を総大将として出し、負けましたでは天下の政などできぬ。伊豆守が島原で十全の力を発揮できるように支援してやるのが、そなたたちの仕事である」

土井大炊頭が述べた。

「…………」

阿部豊後守が黙った。

「そなたと伊豆の間に溝があるのは知っておる」

同じ家光の男色相手から老中へ出世した阿部豊後守と松平伊豆守はよく比較された。そしていつも知恵伊豆という異名を持つ松平伊豆守が上と評された。そのことに阿部豊後守が悔しい思いをしているのを、老練な執政たちは気づいていた。

「またぞろ伊豆の名前があがる。島原の一揆を抑えれば、伊豆は治政者だけでなく、一軍を預かる将としての評価も受ける。それが無念だというのであろう、豊後」

「……そのようなことは」

力なく阿部豊後守が否定した。

「豊後どの……」

堀田加賀守が気遣った。

「だが、伊豆を総大将になさったのは、上様じゃ。伊豆が失敗すれば、上様のお名前にも傷が付く」

一度土井大炊頭が言葉を切った。

「最初、板倉内膳正重昌を総大将として派遣なさったのは上様である。そして、それでは足らぬと、追うように上様は老中松平伊豆守を出した。わかっているか。すでに上様は一度まちがえておられるのだ」

「上様がまちがいなど……」

もっとも寵愛を受けている堀田加賀守が激した。

「落ち着け、加賀」

酒井讃岐守が土井大炊頭に噛《か》みつきかけた堀田加賀守を抑えた。

「執政は上様のご意志をただ承るだけでは務まらぬ。ときにはご諫言《かんげん》申しあげるのも執政の仕事である」

「どこに上様へご意見申しあげるところがござる。上様は古今希《まれ》なるご名君であらせられるぞ」

堀田加賀守が矛先を酒井讃岐守へ変えた。

「そうじゃ。上様は神君家康公に次ぐお方」

阿部豊後守が堀田加賀守に同調した。

「……はああ」

信仰に近い忠義を捧《ささ》げる二人の若い老中に、酒井讃岐守が大きなため息を吐《つ》いた。

「それくらいもわからぬで、執政とは……情けないにもほどがある」

「ぶ、無礼な」

馬鹿にされたと堀田加賀守が憤怒《ふんぬ》した。

「気づいておらぬのか。板倉内膳正は死ぬぞ」

「えっ……」

いきなり言われた堀田加賀守が唖然《あぜん》とした。

「…………」

阿部豊後守が苦い顔をした。

「そなたはわかったようだな」

しっかりと酒井讃岐守が見ていた。

「なぜ板倉内膳正が死ぬと言うのだ、豊後」

わからないと堀田加賀守が阿部豊後守へ訊《き》いた。

「板倉は名門とはいえ一万五千石の小身だ。筑前の黒田、肥後の細川、肥前鍋島などの外様どもは板倉を軽輩と侮って従うまい。言うことを聞かぬ兵では、戦《いくさ》に勝てぬ。それに気づかれたからこそ、上様は伊豆を出されたのだ。伊豆も大身ではないが、幕政を預かる老中じゃ。老中に逆らうは御上をないがしろにすると同義。それがわからぬ愚か者はおるまい」

酒井讃岐守が説明をした。

「伊豆が来たから、軍配を返し、江戸へ帰る。それで板倉内膳正が納得すると思うのか。上様のご命を受けておきながら、己が小身ゆえに軍勢をまとめられず、たかが百姓一揆を抑えられなかった。ご下命なればこそ、果たせなかった責は重い。内膳正は先陣きって賊徒へ突っこみ、天晴《あっぱ》れ討ち死にするであろう。また、そうでなければ、老中を引っ張り出したとして、板倉の家が傷を受ける」

「…………」

　教えられた堀田加賀守が黙った。

「内膳正を死なせた責は、我ら執政が受けねばならぬ。最初から上様へ、それなりの者を出されるようにお願いいたすべきであったのだ、きさまらがな。老中は飾りではないのだぞ」

　土井大炊頭と己をつまはじきにした家光への恨み言を、酒井讃岐守が言外に含めた。

「さっさと動け」

　土井大炊頭が強張った表情の阿部豊後守と堀田加賀守を叱咤《しった》した。

「気に入らなかろうが、手柄を奪われようが、そなたたちは老中である。老中はこの泰平の世において出世の頂点じゃ。落ちることはあっても上がることはない。伊豆の失敗は上様の恥だとわかれ。知恵伊豆でも弾がなければ戦えず、米がなければ兵を養えぬ。そなたたちの手配で伊豆が勝てるかどうかが決まるのだ」

　厳しく土井大炊頭が指導した。

「は、はい」

「わ、わかりましてござる」

親子ほど歳《とし》の離れた土井大炊頭の言葉に、阿部豊後守と堀田加賀守が動いた。

「では、わたくしも町奉行に」

書付を持った酒井讃岐守も立ちあがった。

二

明け方、ようやくうつらうつらしただけの弦ノ丞は、はっきりしない頭を冷たい井戸水で目覚めさせ、辻番所へと出向いた。

「おはようございまする。昨夜はご迷惑をお掛けしました」

辻番所に入った弦ノ丞は、先達《せんだつ》二人へ頭を下げた。

「気にするな」

「次はないぞ」

田中正太郎と志賀一蔵が手を振った。

「かたじけなし」

許されたことに弦ノ丞は感謝した。

「あの後どうなりましたので」

「町方が来ての……」

問うた弦ノ丞に志賀一蔵が語った。

「南町の与力が、昼すぎに来る」

「ああ。なにを訊くつもりかは知らぬがの。一応、昨夜の言いわけは……」

予定を知った弦ノ丞に志賀一蔵が教えた。

「承知いたしましてございまする」

弦ノ丞は筋書きを覚えた。

「田中、休んでいいぞ」

交代が来たことで、志賀一蔵が田中正太郎へ帰宅を指示した。

「ですが……」

先達より先に休息を取る。礼に反すると田中正太郎が、渋った。

「しかたなかろう。儂《わし》が南町の与力の相手をせねばならぬ」

心底嫌そうに志賀一蔵が顔をゆがめた。

「いや、なんと申しましょうか……」

田中正太郎が、苦笑した。

「代わってくれるか」

「ご冗談を。南町の与力が指名したのは、志賀さまでございましょう」

言う志賀一蔵に、田中正太郎が首を左右に振った。

「わかったであろう。ならばさっさと休め。明日は、儂も寝たいのでな」

「はっ。では、お先に失礼をいたしまする」

一礼した田中正太郎が、辻番所を後にした。

「表を任せる。少し、休息したい」

徹夜の志賀一蔵が板の間へと腰を下ろし、背中を壁にもたれかけ、目を閉じた。

「お任せを」

勇んで弦ノ丞は、辻番所の外へ出た。

日中の辻番は、往来を見張り、胡乱《うろん》な者があれば誰何《すいか》するのが役目である。

とはいえ、やたらに詰問してもいられない。町民といえども、江戸の町民は徳川家の領民になる。大名でございい、辻番でございと強権を発動しては、まずいことになる。

誰何した者が老中御用達《ごようたし》だとか、大奥出入りの商人かも知れないのだ。町民でさえそうなのだ。武士が相手となると、よほどのことがない限り、見て見ぬ振りをするのが、昨今の辻番であった。

「当家に用か」

辻番所備え付けの六尺棒を手に表へ出た弦ノ丞は、立ち止まって松浦家の屋敷を見ようとする者に警告を与える。

「立ち止まるでない」

「お進みくだされ」

町民と武士で口調を替えながら、弦ノ丞は辻番の役を果たした。

「……斎、何刻《なんどき》かの」

座ったまま寝ていた志賀一蔵が目覚めた。

「先ほど正午の鐘が聞こえました」

そろそろ昼だと弦ノ丞が告げた。

「もう、そんなころか。すっかり寝てしまった。すまぬな、斎。一人でお役目をさせてしまった」

伸びをした志賀一蔵が詫《わ》びた。

「いえいえ。なにごともございませんでしたし」

気にするほどのことではないと弦ノ丞が手を振った。

「昼餉《ひるげ》をお摂《と》りになられたほうがよろしいのでは。そろそろ南町の与力が参りましょう」

あと半刻（約一時間）もないと弦ノ丞が勧めた。

「昼餉は後にしよう。与力との遣《や》り取《と》りを考えると、気がな。飯くらいは落ち着いて喰いたい……いい天気だな」

志賀一蔵が辻番所を出て、弦ノ丞の隣に並んだ。

「待たせたか」

南町奉行所与力相生が来たのは、約束の刻限を半刻ほど過ぎてからであった。

「御用繁多でな」

訊かないうちに理由を口にした相生が、辻番所のなかへ入ってきた。

「あっ」

弦ノ丞が止める間もなかった。

「許しなく、敷地に踏み入りはしねえよ」

辻番所は屋敷の敷地に通じている。遮る板戸を見ながら相生が告げた。

「さて、話を始めようぜ」

「おもてなしもできませんが」

志賀一蔵が茶も出さないと応じた。

「構やしねえよ。長《なが》っ尻《ちり》をするつもりもねえ」

相生がさっさと板の間へ腰掛けた。

町方与力同心は、武家ながら相手をするのは町民である。どうしても口調がくだける。

相生はとくにその傾向が強かった。

「もう一度、昨夜の話を一から聞きてえ」

「同じことの繰り返しになりまするが」

あらためて最初から話せと言った相生に、志賀一蔵が念を押した。

「一夜のときが経《た》ったんだ。思い出したこともあるかも知れねえだろう。意外と多いんだぜ、繰り返して聞いているうちに、いろいろな話が出てくるというのはな」

懐から煙草《たばこ》入れを出した相生が、断りもなしに煙管《キセル》をくわえた。

「左様でございますか。わかりましてございまする」

町方与力に松浦家を、志賀一蔵をどうこうする力はないとはいえ、相生は幕府役人である。志賀一蔵は承諾した。

「昨夜、決められた刻限の見回りを……」

寸分違《たが》わず、志賀一蔵は昨夜と同じ説明をした。

「……ふん」

鼻先を鳴らして、相生が吸い終えた煙草の燃えかすを床へ捨てた。

「…………」

他家の敷地に灰を捨てる。無礼きわまりない行為に弦ノ丞が息を呑《の》んだ。

「斎、外を見張っておれ」

志賀一蔵がこの場から弦ノ丞を引き離そうと指示を出した。

「……はい」

弦ノ丞が大きく息を吸ってからうなずいた。

「待ちねえ」

外へ出ようとした弦ノ丞を相生が留《と》めた。

「……なにか」

弦ノ丞が首だけで振り向いた。

「斎」

失礼な態度をとった弦ノ丞を志賀一蔵が注意した。

「若いの、名前は」

相生がさらに無礼な態度を見せた。いかに直臣《じきしん》と陪臣《ばいしん》の格差はあっても、武士に対して使う言葉ではなかった。

「斎でござる」

志賀一蔵に言われたばかりである。無礼を咎めず、弦ノ丞は答えた。

「おめえさんも辻番だな」

「さようでござる」

確認された弦ノ丞がうなずいた。

「昨夜はいなかったようだが……」

窺《うかが》うような目を相生が見せた。

「ご家老への説明に屋敷へ戻っておりましたので」

打ち合わせたとおりに、弦ノ丞が告げた。

「そうかい。では、おめえさんにも聞かせてもらおうじゃねえか。昨夜なにがあった」

「昨夜は……」

志賀一蔵とまったく同じことを弦ノ丞は述べた。

「……一字一句同じたあ、見事なもんだな」

相生が口の端を吊《つ》り上げた。

「同じ光景を見たのでございますれば、ずれがあってはおかしゅうございましょう」

志賀一蔵が反論した。

「たしかにそうには違いねえがよ。まったく同じというのは打ち合わせでもしねえとまずならねえ」

言いながら相生が、志賀一蔵を睨《にら》んだ。

「…………」

志賀一蔵が涼しい顔を崩さなかった。

「ちっ」

相生が舌打ちをした。

「仕方ねえ。じゃあ……夜回りをして辻番所へ戻ろうとしたら、闘争の気配を感じた。

そこまではいい。ではなぜ、すぐに駆けつけなかった。一人が自害した後でというのは、辻番として遅すぎやしねえか」

相生が矛盾を突いてきた。

「辻番は当家の屋敷周りを担うものでございまする。隣家までは手出しいたさぬのが、慣例」

志賀一蔵が建前を口にした。

「そんな表向きの理由じゃ、こちらとしては納得いかねえなあ。斬り合いだぞ。辻番としては争闘の音は、気になるだろうが」

相生が首を横に振った。

「では、相生さまが掏摸《すり》を追われているのを、横から我らが手出しをしてもよいと」

「ちっ」

認めるわけにはいかない喩《たと》えを出された相生が舌打ちをした。

「だがよ。松倉の辻番所は人がいなかったのだろう。それは知っていたな」

相生は追及の手を緩めなかった。

「他家の辻番所を覗《のぞ》きこむわけにも参りませんので、人がいないと確信はしておりません。が、灯《あか》りが点《つ》いていないのは認識しておりました」

知らなかったといえば嘘《うそ》になる。なにせ、当夜に相生も松倉の辻番がいないことを見ている。志賀一蔵は確実にいないとはわからなかったと逃げた。

「ふうん」

相生がもう一度煙管に火を付けた。

「ここへ来る前に、そこの寄合辻番所へ立ち寄って来た」

大きく相生が煙草を吸った。

「たしかに、おめえさんたちは夜回りをしていた。覚えていたよ。寄合辻番がな。松浦家の辻番だと名乗ったと」

「はい。覚えておりまする」

志賀一蔵が認めた。

「おかしくねえか」

「なにがでございましょう」

相生の問いかけに志賀一蔵が首をかしげた。

「寄合辻番所には声をかけたんだろう。しかし、松倉の辻番所には目も向けてねえ。こいつはちいと納得いかねえな」

すっと相生が目を細めた。

「辻番所のことをあまりご存じないようでございますな」

焦った雰囲気もなく、志賀一蔵が言った。

「どういうことだ」

相生がごまかしは通らないと低い声を出した。

「辻番所には二つございまする」

「それくらいは知っている。一手持ちと寄合だろう」

馬鹿にするなと相生が答えた。

「さようでございまする。では、どちらが格上かご存じで」

志賀一蔵が質問した。

「辻番に格なんぞあるのけえ」

「はい。辻番では一手持ちより寄合が上なのでございまする。寄合は一万石に届かぬ家が数家で維持する辻番。一万石未満、すなわち旗本衆」

首をかしげた相生に志賀一蔵がうなずいて説明した。

「そういうことか。旗本のいる寄合辻番所には、挨拶がいる。陪臣として当然の礼儀。対して同格の一手持ちは素通りしても問題なし……か」

「ご明察でございまする」

理解した相生を志賀一蔵が褒めた。

「……………」

相生が三度煙管を口にした。

「そろそろ話をしよう。まともな話を」

煙管をくわえたままで、相生が志賀一蔵を見た。

「ずっとお話をいたしておりますが」

志賀一蔵が心外だという顔をした。

「なにがあった、昨日」

「さきほども申しあげました」

「いきなり死体が転がってましたじゃ、通らねえと言っているんだ。争闘の様子を見ていたんだろう。それを訊いている」

「駆けつけたところで、争闘していた者たちが逃げ出しましたので」

「なぜ、追わなかった」

「辻番所の役目ではございませぬ。下手人の捕縛は、町奉行所さまのお役目だと」

「…………」

正論に相生が黙った。

「なにより、足下に人が倒れていたのでございまする。助けられるものならば、手当をするのが人倫の道でございましょう」

「下手人を追うより、手当を優先したというわけだ」

口の端を相生が皮肉げに吊り上げた。

「逃げ出した連中の面体《めんてい》は」

「闇に紛れて、何一つ」

「背丈くらいはわかるだろう」

「かなり大柄のように見えましたが、なにぶん灯りもございませんでしたゆえ、はっきりとは」

　尋問に近い質問を志賀一蔵がこなした。

「なにもわからずか」

　相生が志賀一蔵を睨んだ。

「残念ではございますが、お力になれず」

　志賀一蔵が目を伏せた。

「おい、斎とか言った若いの」

　二人の遣り取りを呆然《ぼうぜん》と見ていた弦ノ丞へ、相生が矛先を変えた。

「おめえはなにか見ちゃいねえのか」

「あいにく」

　弦ノ丞は首を横に振った。

「……そうかい」

　相生があきらめた。

「邪魔したな」

煙管を煙草入れにしまった相生が腰をあげた。

「また来るぜ」

相生が志賀一蔵を睨みつけた。

「前触れをいただけましたら」

不意に来たときは相手をしないと志賀一蔵が切り返した。

「ふん」

不満そうに鼻を鳴らした相生が、辻番所を出ようとした。

「…………」

一人は外を見ていなければ辻番所の役目は果たせない。辻番所の出入り口近くで立っていた弦ノ丞が、すっと身を隅へ寄せて相生を通そうとした。

「いつでも八丁堀へ来な。お家を危なくしたかねえだろう」

志賀一蔵に聞こえないように小声で相生が囁《ささや》いた。

「……っ」

「困ったもんだ。なにもわからねえでは、下手人を捕まえることさえできやしねえ」

驚いて反応しかけた弦ノ丞の口から漏れる音を消すように、相生が大声を出した。

「松浦家の辻番所もたいしたことねえな」

周囲に聞こえるように相生が口にした。

「な、なにを」

主家を馬鹿にされては黙っていられない。

「斎、落ち着け」

言い返そうとした弦ノ丞を志賀一蔵が制した。

「どうしたい。なにか言いたいことがあるんだろう」

相生が弦ノ丞へ近づいた。

「…………」

弦ノ丞が口をつぐんだ。

「……待ってるぜ」

ふたたび小声で告げて、相生が去って行った。

「面倒なやつだ」

その背中に志賀一蔵が吐き捨てた。

「いかがいたしまするか」

弦ノ丞が辻番所の周囲に目を走らせた。

「まずいな」

相生の大声に反応した通行人たちが、辻番所を窺っていた。

いる。

「ご家老さまのお考えとは逆になりそうだ」

松浦家の評判をあげるために二つにした辻番所の、新しい辻番が足を引っ張りかけている。

志賀一蔵が苦く表情をゆがめた。

「辻斬りを二人くらい処断せねば、取り返せぬぞ」

「無茶を言われる」

志賀一蔵の言葉に弦ノ丞はあきれた。

たしかに辻斬りと斬り取り強盗は頻発している。とはいえ、江戸の城下全体で一カ月に何回あるかといったていどでしかないのだ。二度も松浦家の管轄下で起こるはずもないし、あっても困る。それだけ松浦家の辻番所が舐《な》められているとの証《あかし》になる。

「それくらいの傷を、あの与力は落としていったのだ」

「…………」

志賀一蔵の恨み言を弦ノ丞は無言で聞いた。

三

島原の戦況は思わしくない。

国元から日をおかずに送られてくる報告に、江戸家老滝川大膳の顔色は悪くなる一方であった。

「あれ以降、町方が静かなのも不気味である。あきらめたとは思えぬ」

滝川大膳の負担を弦ノ丞たち辻番が作っていた。

「申しわけもございませぬ」

志賀一蔵が頭《こうべ》を垂れた。

「いや、おぬしたちの対応は正しかった。偶然とはいえ、あの日からおぬしたちが辻番になっていてよかった。あやつらならば気づかず、もっと状況を悪くしたであろう。死体が一つですんだのは幸いだ。五つも六つも転がっていてみろ。大目付《おおめつけ》が出てきたわ」

滝川大膳が大難が小難ですんだと慰めた。

「そういえば、あの辻番たちは」

田中正太郎が問うた。

「毎日、あの刻限に皆で英気を養うとして、屋敷の片隅で飲食をしていたそうだ」

顔を引きつらせながら滝川大膳が告げた。

「では……」

「放逐したかったのだがな。それをして松浦の悪口を江戸で広められても困る。牢人に仕官の場はない。藩士でなくなれば、一家が飢えるのだ。その恨みはことをしでかした己ではなく、主家へ向ける。この時期に悪い噂《うわさ》は避けたい」

処分はどうなったのかという質問に滝川大膳が首を横に振った。

「ああ、心配するな。なにもなしではない。殿にあの馬鹿どもがしたことをご報告したうえで、国元へ帰した」

「それだけでございますか」

甘いと志賀一蔵が苦情を申し立てた。

「殿への報告に一言加えてある」

滝川大膳が抜かりはないと言った。

「一言……」

「島原への参戦を幕府から命じられたおりには、あの者たちを先手《さきて》としてお使いくださるようにとな」

「先手……」

淡々と告げる滝川大膳に志賀一蔵が息を吞んだ。

まっさきに敵と当たる先手は手柄を立てやすい代わりに、討ち死にしやすい。

「手柄を立てたところで、今回の咎めと相殺で褒賞はなし、また討ち死にしたならば、咎めは受けずともすむ」

「…………」

責任はどうあっても取らせると言った執政の冷酷さに弦ノ丞が絶句した。

「ところで、志賀。あれ以降、異変はないな」

「今のところ、なにもございませぬ」

確認した滝川大膳に志賀一蔵が答えた。

「あの曲者《くせもの》どもが残した言葉はなんであったのだろう」

「松倉家に問い合わせは」

首をかしげる滝川大膳に、志賀一蔵が訊いた。

「したともよ。一応、松倉の縄張りであったしな」

「返答はいかに」

志賀一蔵が尋ねた。

「当家にはかかわりない。それだけであったわ」

滝川大膳が嘆息した。

「まあ、松倉はそれどころではなかろう。島原の一揆が長引けば長引くほど、家が危なくなるのだからな」

一揆を自領だけで収めきれなかった、他家の力を借りた段階で、松倉家の無事はなくなった。自力で片を付けたときは見て見ぬ振りをしてくれる幕府も、こうなれば松倉を咎めざるを得ない。老中まで派遣したのだ。結末はどうあれ、松倉家が島原を取りあげられるのは必定であった。

「あとは領地をどこへ移されるか、どのていどの減ですむか……」

一揆を鎮圧しても、領主の変更はしなければならなかった。替えなければ領民の恨みが残るからである。新たな領主は、前よりもましなはず。こう百姓たちが期待してくれなければ、また一揆は起こる。

「松倉の家臣たちにとって、瀬戸際じゃ。屋敷の前で人が一人死んだくらい気にもしていられぬのは当然だな」

松浦を始め、大名たちは皆、戦国を生き抜いてきた。隣接する国から侵されたり、逆に攻め入ったりして今の領地を得た。戦力の多寡が、生死を分けた。

抱えている家臣の多さが国力でもあった。

だが、それは戦時の話である。武士は耕さず、作らず、売り買いをせず、何一つ生みださない。

ただ、消費するだけが武士であった。当然、泰平になれば、不要になる。

もちろん、藩が領地を統治しているのだ。政をおこなう者、年貢を決める者、集める者、防衛を担う者、勘定をする者などは要る。が、数は全藩士の半数ほどで事足りる。

半分で藩は回る。極論をいえば、半数はいなくても困らない。とはいえ、武家の根本は恩と奉公であり、先祖が立てた功績で与えられた禄《ろく》は、子孫へと無条件で引き継がれていく。なんの手柄もなく仕事もせず、禄だけをもらう家臣であっても、藩は抱え続けなければならない。

どこの大名も、家臣の数が財政を圧迫し始めていた。

藩は少しでも何かあれば人減らしをおこなおうとし、わずかな罪で放逐され、牢人になる者が出てきている。

泰平の世は牢人に厳しい。

戦があればこそ、牢人を抱えて戦力にしようとする大名があるのだ。戦のない今、一度禄を離れた牢人に新たな仕官先はまずない。生活するための手段をもたない武士は、牢人するなり困窮する。

衣食足りて礼節を知るは真理であった。飢えた牢人は、武士だったころの矜持《きょうじ》などかなぐり捨てる。腰にある両刀を武器に、押し借り、斬り取り強盗を平気でする。辻番は、それに対抗するために作られた。

今は藩士として守られている武士も、牢人となる恐怖を感じている。

松倉の家臣たちが、その行く末を思い、震えているのも無理はなかった。

「留守居役が必死に駆けずり回っているようだが、難しいだろうな」

幕府との交渉や老中たちへの嘆願は、留守居役と呼ばれる老練な藩士の役割である。世慣れた留守居役たちが、少しでも処分を甘くしてもらえるようにと役人たちを接待しているという噂は松浦家にも聞こえていた。

「ここまで来ては、一万石は与えられまい。家名が残るかどうか」

「……そこまで」

「………」

滝川大膳の予想に、弦ノ丞たちは言葉を失った。

「松倉長門守さまは、上様のお気に入りだからの。潰されはすまいが……」

「あてにはできませぬな」

隣家の辻番の仕事を期待する。それを志賀一蔵はあきらめた。

「油断をいたすなよ」

滝川大膳が釘《くぎ》を刺した。


南町奉行所与力の相生は、あきらめていなかった。

「若い侍を突《つつ》けばおもしろくなるだろうが、すぐには警戒される」

相生は自ら出向くのを止《や》めて、配下の御用聞きを松浦家の見張りに出した。

「様子を見てこい。二日に一度報告を忘れるな」

「へい」

命じられた御用聞きが、走った。

辻番所の役目は同じである。日のある間は辻番所で往来を見張り、日が暮れてからは屋敷の周りを見回る。

「変わりませんぜ」

御用聞きが何度目かの報告をした。

「そろそろ正月だな。ふむ。正月明けに一度、揺さぶってみるか」

相生が思案した。

だが、正月も無事とは言えなかった。

先発し、廃城となった原城へ籠もった一揆勢を攻めたてていた板倉内膳正が、松平伊豆守が来るまでになんとかして落とそうと、全軍総攻撃を敢行した。

寛永十五年（一六三八）一月一日、数万の兵が原城へ突撃、しかし、待ち構えていた一揆勢によって大打撃を受けた。

幕府方は四千人をこえる死傷者を出しただけですまず、小身者と嘲る諸大名の軍勢を動かすため、先頭をきって原城へ取り付いた板倉内膳正が鉄炮《てつぽう》で眉間を射貫かれて討ち死にした。

「愚か者が。黙って待っておればよいものを。下手に動いて傷口を大きくしおって」

直接島原へ入らず、平戸へ立ち寄っていた松平伊豆守が板倉内膳正を罵った。

「肥前守、和蘭陀《オランダ》商館へ案内いたせ」

松平伊豆守は、松浦肥前守を使って、オランダと接触を図った。

「一揆どもに与《くみ》するのならば、出ていけ」

オランダ商館に松平伊豆守が脅しをかけた。

「かかわりはいたしませぬ」

日本との交易を一手にし、大きな利益を出しているオランダ商館が否定した。

「ならば、我らに味方いたせ。船で海から砲撃を加えよ」

松平伊豆守は、海に面した半島の突端にある原城を陸からだけでなく、海からも攻撃させようとした。

「お引き受けいたしましょう」

老中の依頼を断ることはできない。オランダ商館が平戸湾に入っていた南蛮船を派遣した。

「六万石には過ぎたる軍備よな」

平戸城を検分した松平伊豆守が軍役をはるかにこえる鉄炮の数と大筒を見て驚いた。

「相手は船でございますゆえ、飛び道具がなければ」

謀叛《むほん》を考えていると取られてはまずい。松浦肥前守がやむなく装備していると言い逃れた。

「これだけのものがあるならば、日見と茂木の警衛だけではもったいない。島原へ従軍せよ」

「はっ」

老中の命は将軍の言葉に近い。ましてや家光の寵愛深い松平伊豆守である。松浦肥前守は、出兵を呑んだ。

「使者を江戸へやれ。大膳ならば、うまく立ち回ろう」

状況を松浦肥前守は、江戸へ報せた。

「……なんという」

使者の報告を聞いた滝川大膳が絶句した。

「板倉さまがお討ち死に……そのうえ和蘭陀船に砲撃を命じたとは」

滝川大膳が目を剝《む》いた。

「いや、それはまだいい。松倉家の命運がきわまっただけだ。まずいのは、ご老中さまに当家の備えを見られたこと」

急いで使者を出した松浦肥前守の意図を滝川大膳はしっかりとくみ取った。

「御上の疑いを受けるのはまずい」

滝川大膳が苦吟した。

「松平伊豆守さまは、辛辣なお方だ」

家光を支える松平伊豆守、阿部豊後守、堀田加賀守の三人は諸大名に厳しい。これは家光が弟に将軍の位を奪われかけたことが遠因となっていた。

二代将軍秀忠だけでなく、御台所《みだいどころ》お江与の方もまた、家光ではなく三男の忠長を溺愛したのだ。こうなれば誰もが三代将軍は忠長だと思う。それが家光に付き従う者数名、忠長の側《そば》にいる者は数えきれずと言われるほどの差を生んだ。

事実、まだ将軍世子《せいし》となるまえの家光が熱に倒れたとき、その看病を命じられていた小姓まで、忠長のもとへご機嫌伺いに出ていったのだ。

当然、諸大名もそれに倣う。譜代大名は老中や若年寄などに抜擢《ばつてき》してもらおうと媚《こ》びを売り、外様大名はその身の保身をはかって忠長にすり寄った。

その有様を家光の側に居続けた松平伊豆守、阿部豊後守、堀田加賀守の三人は目《ま》の当たりにしていた。

三人は家光が将軍となったあとも、そのときの恨みを忘れていなかった。

「では、いかがいたしましょうや」

同席していた用人の顔色も悪かった。

「酒井讃岐守さまか、土井大炊頭さまにおすがりするしかない」

滝川大膳が二人の執政の名前をあげた。

「…………」

用人が息を呑んだ。

酒井讃岐守は、徳川と祖を同じくする譜代の名門である。その重みは松平伊豆守をはじめとする当代の執政たちをはるかにしのぐ。

また、土井大炊頭も譜代名門の出である。徳川家康の落胤《らくいん》という噂が出るほど、信頼が厚く、秀忠が家光に将軍職を譲るとき、「天下とともに、大炊を譲る」と言わしめたほどの能吏である。

両者ともに、幕府における影響力は家光の代になって減少しているとはいえ、まだまだ三人衆の及ぶところではなかった。

「御家老さま。どうやってご助力を願うのでございましょう」

すがることができれば大きい。だが、執政衆はそう簡単に助力をしてくれない。天下の政を担う者が、一つの大名に手を貸すのは、公平の理に外れる。

「会うだけはなんとかなる」

外様大名は戦国の世以上に厳しくなった生き残りにあがいている。幕府の機嫌を損ねるか、失策を犯せば、容赦なく、滅びが待っている。

「当家になにかお気にさわることがございましたら、ご遠慮なくご指摘をいただきますよう」

「当家でお役に立つことがございましたら、どのようなことでもお申し付けください」

外様大名は執政衆への付け届けと挨拶を欠かしてはいない。松浦家も五人の執政とつきあっている。

「留守居役に命じて、土井大炊頭さまと酒井讃岐守さまへお目通りをと願ってみよう。問題は……なにを理由とするかだが」

滝川大膳が思案した。

「……ふむ。辻番の志賀一蔵を呼べ。いや、全員をこれへ」

少し考えた滝川大膳が用人に指示をした。

日中である。当番でない弦ノ丞は長屋で寝ていた。

「弦ノ丞、御殿より御使者でございますよ」

寝ていた弦ノ丞を母親が起こしに来た。

「……御殿より」

徹夜明けで熟睡していた弦ノ丞は、まだ完全に目覚めていなかった。

「起きなさい。滝川さまのお呼び出しですよ」

「滝川さま……御家老」

母親に肩を揺さぶられて、ようやく弦ノ丞は事態を理解した。

「身なりを」

すでに父はなく、一人息子の弦ノ丞の身の回りの世話は母がしていた。

家禄六十石の斎家は小者と女中を一人ずつしか抱えていない。小者は使いや買いものに出ていることが多く、年頃の女中に任せてまちがいがあってもまずい。こういった理由から、弦ノ丞の着替えは母の仕事になっていた。

「そろそろあなたも妻《めと》を娶らねばなりませんね」

袴《はかま》のひもを結びながら、母が弦ノ丞に言った。

「お役目に忙しく、そのような余裕はございませぬ」

辻番をわずか三人でやっているのだ。長屋に帰ってくるのは、食事、風呂、睡眠だけ、とても見合いなどしている暇はなかった。

「母に任せなさい」

「では」

家老の呼び出しに遅れるわけにはいかなかった。

母の言葉に応じることなく、弦ノ丞は駆け出した。

四

「来たか」

表御殿の御用部屋へ弦ノ丞が入ったとき、すでに志賀一蔵、田中正太郎の二人は控えていた。

「遅れましたことをお詫びいたしまする」

御用部屋敷居際で、弦ノ丞は平伏した。

「詫びずともよい。非番で寝ていたところを起こした。すまぬ」

滝川大膳が手を振った。

「畏れ入りまする」

弦ノ丞は顔をあげた。

「そろったところで、話を始める」

一同の顔を滝川大膳が見回した。

「松倉家の断絶はほぼ決まりとなった」

「なっ」

「それは……」

「………」

滝川大膳の口から出た内容に、三人は絶句した。藩士にとって主家の改易は、すべてを失うのと同じ意味を持つ。その衝撃は外様大名の家臣である弦ノ丞たちにとって、他人事《ひとごと》ではなかった。

「松平伊豆守さまが九州へ渡られたと知った板倉内膳正さまが総攻撃をなされ、討ち死になされたそうだ。国元の殿よりお報せがあった」

「お討ち死に……」

今年でようやく二十二歳になる弦ノ丞は初めて聞く討ち死にという言葉の持つ重さに

呆然となった。

「天下が安泰となってから、大名の討ち死には初じゃ」

慶長八年（一六〇三）、関ケ原の合戦で勝利をおさめた徳川家康が征夷大将軍《せいいたいしょうぐん》に就任、幕府を開いた。それから三十四年が経つ。

間に大坂の夏冬の陣と二度の戦いがあった。が、天下人となった徳川の戦いは圧倒するものであり、一万石をこえる大名の討ち死にはわずかに二人、それ以降、戦いはおこなわれていない。

「御上が島原の一揆を制圧するために向かわせた板倉内膳正さまがお亡くなりになった。もちろん、直接手を下したのは、一揆勢である。おそらく、これで一揆勢は撫《な》で切《ぎ》りになろう」

撫で切りとは、降伏も許されず、女子供まで皆殺しにされることをいう。

「そして、御上は譜代大名を死なせた外様大名、松倉家を許すまい」

「…………」

一同が沈黙した。

大名が一つ潰れる。その影響はとてつもなく大きい。まず、最初に藩士たちがいきなり路頭に迷う。四万石の松倉家は三百人ほどの家臣を抱えている。さらにその家臣にも家士《かし》や小者、女中などの奉公人が付いている。それらの家族まで入れると、ゆうに数千人が生活のすべを失う。

それだけではない。松倉家に品物を納めていた御用商人にも影響は出る。百姓は誰が領主になろうともやることは同じなので変わらないが、それ以外の者には多かれ少なかれ被害が及ぶ。

仕官などまず無理な今、主家を失った藩士たちは帰農するか牢人になるかしかない。帰農を選んだ者はいい。領地から出ていかないので、周辺への負担は少なくてすむ。が、牢人は違う。仕官を夢見て、近隣の城下町へ移動するのだ。なんとか伝手《つて》をたどって仕官をと願う連中は、いずれ夢破れる。

現実は厳しい。天下に聞こえるほどの武名を持つ者、あるいは算勘に長《た》けるなどの技術を持つ者以外は、どこも不要なのだ。

現実を知らされ、蓄えを食い潰した者たちがどうなるかは自明の理、腰の刀を使って人を斬り、懐中をあさる。ある意味、武士らしいともいえるそれは、周囲にとって迷惑以外のなにものでもなかった。

耕作に適した土地が少なく、米はあまり穫《と》れない平戸だが、オランダとの交易で大きな利を得て九州諸藩のなかでも指折りの裕福さで知られる松浦家は、そういった連中の目的となりやすかった。

もちろん、相応の態勢は取っているが、それでも治安が悪化するのは避けられなかった。

「国元の番士巡回を増やすか、藩境関所を強化するかせねばなりませぬな」

志賀一蔵が苦い顔をした。

「それでも完全には防げませぬぞ」

田中正太郎も苦渋に頬をゆがめた。

「国元には親戚《しんせき》もおりまする。すぐに手配を……」

弦ノ丞が焦った。

「それも火急のことだがな。それではない」

滝川大膳が落ち着きを失った三人を制した。

「おぬしたちが考えておるのとは、別の意味でまずいことになった。いや、もっと悪いだろう」

三人へ滝川大膳が告げた。

「わたくしたちの考えていることよりも悪い……それは一体なんでございますか」

志賀一蔵が問うた。

「松平伊豆守さまが、和蘭陀商館に用ありとして平戸にお立ち寄りになられた。そのとき、城の武具蔵、兵糧蔵をご見学なさった」

「……つっ」

滝川大膳の話に、一人志賀一蔵だけが反応した。

「そうか、志賀は国元から殿の参勤に伴って出てきたばかりであったな」

「はい。わたくし以外の二人は、江戸詰でございますゆえ、国元の事情はあまり」

確かめた滝川大膳に志賀一蔵が応えた。

「どういうことでございましょう」

田中正太郎がわからないと説明を求めた。

「当家は儲《もう》けすぎておるのだ。和蘭陀交易でな」

滝川大膳が告げた。

「異国が欲しがるものを渡し、こちらが欲しいものを買う。異国のものは、どれも珍しく、買った値段の何倍にも売れる。諸大名方や博多の豪商などが、手のひらに載るほどの焼きものに何千両と払ってくれるのだ。なまこや鮑《あわび》を干したものとの交換で手に入れたものにだぞ」

「何千両……」

金額の多さに、弦ノ丞は目を剝いた。

「儲けた金で新式の鉄炮を買いそろえ、城中の蔵には三年籠城できるだけの米がある。これを松平伊豆守さまに見られた。なにぶんにも蔵を見たいと言われては、拒めぬ」

都合が悪くなければ、見せられるだろう。施政者や役人の常套句《じょうとうく》である。都合の悪いものが入っていないなら、見ても同じだと思うが、それを強行する権を松平伊豆守は持っていた。

「謀叛を疑われる……」

志賀一蔵が頬をゆがめた。

「当家に謀叛をするだけの力などございませぬ。六万石では、筑前の黒田家だけで潰されましょう」

弦ノ丞が否定した。

「伊豆守さまは、当家だけで謀叛がかなうとは思っておられぬわ。伊豆守さまが恐れられるのは、当家が和蘭陀とのつきあいを使って、薩摩の島津どのや、熊本の細川どの、筑前の黒田どのなどに、武器弾薬を提供せぬかということじゃ。望めば、当家は和蘭陀から大筒でさえ買えるのだ」

滝川大膳が教えた。

「松倉の次が当家……」

田中正太郎が震えた。

「そうならぬよう、手を打ちたい。幸い、伊豆守さまはまだ江戸へお戻りではない。一揆を鎮圧するまでの間、我らには猶予がある。そのわずかな時間で、なんとかしなければならぬ。それはわかるな」

「はい」

江戸家老の言いぶんを、三人は認めた。

「我らになにを」

辻番という外交に向かない三人を集めた理由を志賀一蔵が尋ねた。

「もう一度、あのときのことを訊く。あのとき、争いあっていた曲者どもは、当家に手出しをするな。すれば家が潰れるぞと申したのだな」

一カ月少し前のことを滝川大膳が思い出せと命じた。

「……弦ノ丞」

もっとも曲者に近かった弦ノ丞へ、志賀一蔵が丸投げをした。

「そのように記憶いたしておりまする」

弦ノ丞がうなずいた。

「曲者をもっともよく見たのも、斎でよいな」

「はい」

「さようでございまする」

志賀一蔵と田中正太郎が首を縦に振った。

「いささか若すぎて心許ないが、儂がついて行けばどうにかなろう」

一人で滝川大膳が納得していた。

「あの……」

格下から目上に声をかけるのは失礼にあたる。それをわかっていても弦ノ丞はそうせざるをえなかった。どう考えても、巻きこまれるといった感じがしていた。

「今は、四つ半（午前十一時ごろ）だな。ご老中さまは、お昼八つ（午後二時ごろ）まで御執務される。とくに今は島原の一件もある。お屋敷へお戻りは七つ（午後四時ごろ）と考えるべきだな」

弦ノ丞を無視して、滝川大膳が一人つぶやいた。

「わたくしどもは、辻番に戻っても」

「ああ。ご苦労であった」

志賀一蔵の求めに、滝川大膳が首肯した。

「では、わたくしも」

ここに残ってかかわりになるより、今夜に備えて眠っておこうと弦ノ丞は、志賀一蔵たちに続こうとした。

「待て、斎」

思案していた滝川大膳が止めた。

「二刻《ふたとき》（約四時間）したら、もう一度顔を出せ。それまでは長屋で休んでいていい」

滝川大膳が弦ノ丞へ言った。

「……わかりましてございまする」

弦ノ丞はそう言うしかなかった。

決められた刻限に御用部屋を訪れた弦ノ丞を、滝川大膳が待ち構えていた。

「来たな。供をいたせ」

滝川大膳が屋敷を出た。

「少し借りていく。夜番には返す」

辻番所前で立っていた田中正太郎へ、滝川大膳が手を上げた。

「お気遣いなく。志賀どのと二人、相務めまするゆえ」

田中正太郎がゆっくりでいいと応じた。

「…………」

いなくても変わりないと言われた気がして、弦ノ丞は少し落ち込んだ。

「参るぞ」

そんな弦ノ丞を気にかけず、滝川大膳が足を急がせた。

「どちらへ」

後を追いながら、弦ノ丞は訊いた。

「ご老中酒井讃岐守さまのお屋敷じゃ」

滝川大膳が述べた。

「酒井讃岐守さまの上屋敷でございましたら、お廓《くるわ》うちでございましょう」

弦ノ丞は驚いた。

酒井家は徳川にとって格別な家柄である。二家あるどちらも上屋敷は江戸城本丸大手門前という、もっとも格式の高い場所にあった。

「土井大炊頭さまのお屋敷が近いのだがの。土井大炊頭さまはご高齢じゃ。まもなく退隠なされよう。それでは困るのだ」

歩きながら滝川大膳が語った。

「なににせよ、黙ってついてこい」

滝川大膳が、なにも訊くなと弦ノ丞を封じた。

「はい」

弦ノ丞はうなずき、半歩、滝川大膳の後ろへ下がった。

酒井讃岐守の屋敷へ向かうには、松浦家の屋敷角の辻を西へ進み、西福寺を右手にする角を左に曲がり、まっすぐ進んで大炊橋を渡り、常盤橋御門《ときわばしごもん》を潜《くぐ》って右になる。

「あれは、相生さまより見ておけと言われた若い辻番じゃねえか」

松浦家の見張りに出ていた御用聞きが、滝川大膳と弦ノ丞に気づいた。

「どこへいきやがる。大炊橋をこえやがった。あの先は大名屋敷だらけだ。どこへ入っった。

後をつけた御用聞きが焦った。

大名は表札をあげていない。町人地を管轄する町奉行所では手出しできないところばかりである。当然、行き付けてもいない。どの屋敷が誰のものかなどもわかっていなかった。

「どの屋敷に入っただけでも見ておかねえと、旦那《だんな》に叱られる」

御用聞きはあわてて二人との間合いを詰めた。

「……うん」

焦って近づいた御用聞きの気配を弦ノ丞は感じた。

「御家老さま、しばし」

弦ノ丞が足を止めて、振り向いた。

「いかがいたした」

滝川大膳が弦ノ丞の様子に怪訝《けげん》な顔をした。

「いささか気にさわるものがございまして……」

弦ノ丞はじっと後ろを見つめた。

「ちっ。あの若い侍、できやがるな」

御用聞きは二人が止まり、弦ノ丞が振り向いたことで気づかれたと悟った。

「行き過ぎるしかねえな」

気づかれたときは、慌てず、さりげなく相手より前に出る。これが尾行の基本であった。

「……ごめんをくださいまし」

武家を追いこすときは一言断るのが礼儀である。御用聞きは、軽く頭を下げて、二人を抜き去った。

「気のせいだったか」

「申しわけございませんでした」

ほっとした滝川大膳に、弦ノ丞が詫びた。

「いや、いい。警戒は続けよ。あまり行き先を知られたくはないからの」

滝川大膳が首を横に振った。

「もう少しじゃ。急ぐ」

足を速めた滝川大膳だったが、少し進んだだけで足を止めた。

「ここじゃ」

「……ここが」

弦ノ丞は、酒井讃岐守家の威容に息を吞んだ。

「ごめんくださいませ」

滝川大膳が潜戸《くぐりど》を叩《たた》いた。

「誰《たれ》か」

潜戸から誰何の声がすぐに返ってきた。

幕政を支配する老中には、他人目を避けたがる来客もある。それを拒否するようでは、政をなすだけの資格はない。すでに日暮れを過ぎ、他家を訪れるにはふさわしくない刻限とはいえ、門内に人が控えている酒井讃岐守は、執政として十分な体制を布いていた。

「松浦家江戸家老滝川大膳と申しまする。夜分、畏れ入りまするが、讃岐守さまにご相談いたしたき儀がございまする」

「松浦……平戸の松浦どのか。用件はなんだ」

潜戸の上の小窓が開き、なかから質問が飛んだ。

「松平伊豆守さま」

「……しばし、待て。殿に伺って参る」

滝川大膳の出した名前を聞いた門番が屋敷へと入っていった。

「御家老さま……」

「慌てるな。きっと讃岐守さまはお会いくださる。松平伊豆守さまの名前を聞き逃せるはずはない」

土井大炊頭、酒井讃岐守二人の古参執政と、松平伊豆守を始めとする若き執政三人の仲に溝があることは、江戸の町民でさえ知っている。

「……お入りあれ。殿が会われる」

しばらくして潜戸が開けられた。

「かたじけのうございまする。続け、斎」

「はっ」

滝川大膳と弦ノ丞が潜戸から酒井讃岐守の上屋敷へと入った。

「……えらいところに」

離れたところから見ていた御用聞きが顔色を変えた。

「大急ぎで旦那に報せないと……」

御用聞きが駆け出した。

第三章　策の成否

一

老中の役目は江戸城の御用部屋よりも、屋敷に帰ってからの方が多い。御用部屋では処理できなかった案件をこなし、陳情をしてくる来客の対応と、食事も満足に摂《と》れないほど多忙を極める。

「松平伊豆守がどうした」

夜分来訪の無礼を咎《とが》めず、酒井讃岐守が滝川大膳に用件を問うた。

「今回のご遠征で和蘭陀《オランダ》へ助力を求められ、平戸へ立ち寄られましてございまする」

「和蘭陀へ助力だと。そのような報《しら》せは余のもとには届いておらぬ」

酒井讃岐守が眉をひそめた。

「当家の主《あるじ》から、さきほど急使が参りましてございまする。その報せのなかに松平伊豆守さま、当家の領地平戸までお運びくださり、和蘭陀商館の者との会談をお望みになられたと記載がございました」

「立ち会ったのか、肥前守は」

老中は御三家以外の大名を敬称なしで呼び捨てることができた。酒井讃岐守は松浦肥前守重信を官名だけで呼んだ。

「さすがに主の同席はかないませんでしたが、当家から通詞《つうじ》を伴われましたので……」

通詞とは、オランダ語と日本語の通訳をする者で、キリシタン禁教令が出るまでは、九州各地にオランダ語だけでなく、イスパニア語、英語を操る者がいた。しかし、幕府が鎖国を決め、オランダを平戸商館に押し込め、それ以外の国を閉め出したことで、通詞は激減、現在は平戸に数名が残るだけとなっていた。

「通詞に口止めをしなかったのか、あやつは」

酒井讃岐守が嘆いた。

「口止めをせずともよいとお考えであられたのではございますまいか」

滝川大膳が酒井讃岐守の様子を窺《うかが》った。

「……口止めしなくていいだと」

「軍略の一つとして……」

「なにを頼んだ、伊豆は」

言いかけた滝川大膳を酒井讃岐守がさえぎった。

「報せによりますると、軍艦を島原へ回し、海上から一揆《いっき》どもが籠もる原城へ砲撃を加えてくれるようにと要請なさったとのこと」

滝川大膳が告げた。

「和蘭陀に砲撃を頼んだというか。馬鹿が。我が国のなかの争いに、異国を巻きこむなど論外ぞ。内乱さえ押さえられぬと我が国が侮られるではないか」

酒井讃岐守があきれた。

「…………」

老中松平伊豆守のことだ。同意も否定もできない。滝川大膳は酒井讃岐守の膝を見つめてやりすごした。

「それで原城が落ちたとして、その後和蘭陀から手助けの代を求められたらどうするつもりだ。信賞必罰は政の基本。和蘭陀から申し出たことならば、感謝の一言ですもうが、こちらから頼んだのだぞ。なにもなしでごまかすことはできぬ」

酒井讃岐守が憤った。

「…………」

滝川大膳は沈黙を守った。

「もし、和蘭陀との交易の場を大坂の堺《さかい》に移せと言われたら、拒めぬのだ。平戸と違い、堺は商人も多い、たちまち交易は大きくなる。そうなれば、我らも和蘭陀を無視できなくなる」

「和蘭陀商館を当家の平戸から堺へ……それは困りまする」

交易の上がりで水田不足を補っているのが松浦家である。オランダ商館を失えば、藩の財政はたちまち破綻する。

伏せていた顔をあげて、滝川大膳が焦燥した。

「……勝つためにしていいことと悪いことがある。それくらい、伊豆は理解しているはずだ。いや、それをわかっていても、上様への忠義が上回ったか」

滝川大膳の変化を無視して、酒井讃岐守が続けた。

「急ぎ、土井大炊頭どのと対応を協議せねばならぬ……」

酒井讃岐守が難しい顔をした。

「そういえば、和蘭陀との交流は松浦の担当であったな」

ようやく酒井讃岐守が滝川大膳を見た。

「愚かな行為とはいえ、老中がしたことだ。幕府が表だって非難するわけにはいかぬ」

松平伊豆守は三代将軍家光の全権を受けている。酒井讃岐守がそれを否定するのはまずかった。

「お任せをくださいませ。当家には、和蘭陀商館とのつきあいもございまする。和蘭陀との交渉はお任せいただきますよう」

滝川大膳がうなずいた。

幕府と、いや松平伊豆守と交渉させるわけにはいかなくなった。なんとしてでもオランダ商館は平戸に残さなければならないのだ。

酒井讃岐守の求めていることを理解した上で、滝川大膳はなにをすべきかをすばやく思案した。

「あらためて江戸から人を出すわけにはいかぬ。伊豆のやったことを追認したと思われては困るのでな。委細は任せる。うまくしてのけよ」

これ以上かかわらぬと酒井讃岐守が宣した。

「で、用件はなんだ。伊豆守のことを報せに来ただけではなかろう」

酒井讃岐守が本題に入れと滝川大膳を促した。

「……お願いがございまする」

「申せ」

手を突いた滝川大膳に酒井讃岐守が許しを与えた。

「先ほどの話の続きと申しましょうか……じつは、松平伊豆守さまが和蘭陀商館ご訪問の後、当家の平戸城をご視察なされまして……」

「まずいものを見つけられたか」

最後まで聞くことなく、酒井讃岐守が読んだ。

「見つけられたのは、最新の武器と唸《うな》る金、それに兵糧。そういったあら探しのような細かいことは伊豆の得意とするところだ」

「ご慧眼《けいがん》、畏れ入りまする」

滝川大膳が感嘆した。

「見た以上、伊豆守は放っておくまいな。松浦を潰して、和蘭陀との交易を含むすべてを奪うか、どこか違うところへ移封するか。和蘭陀商館を松浦から切り離すか」

「………………」

痛いところを口にされて滝川大膳は黙った。

「なんにせよ、伊豆は松浦の力を削《そ》ごうとするだろうな。あやつは他人の努力を認めぬ。必死で倹約、やりくりして貯《た》めた金やものでも、御上《おかみ》にとって邪魔だと思えば、そのための辛苦や努力を気にすることなく取り上げる。それこそ、上様への忠義だと思いこんでおる。余裕というものがどれだけ大切かわかっておらぬ。いつでも戦えると思っている者と、今やらねば滅ぶと追い詰められた者、どちらがより恐ろしいかわかっていないのだ。明日の米に苦労しない生活を送っている者は、戦いを起こさぬ。今回の一揆で、追い詰められた者がどうするかを学んで来ればよいが……難しいだろうな。小身からなりあがった者にありがちな心の持ちようを松平伊豆たちはしておる」

「……やはり」

あらためて言われた滝川大膳の顔色が白くなった。

「それを防いで欲しいのだな」

酒井讃岐守が滝川大膳の用件を理解した。

「お願いをいたしまする」

ふたたび、滝川大膳が平伏した。弦ノ丞も額を床にすりつけた。

「不足じゃ。六万石、いや、交易の利を入れれば十万石を守るには、伊豆の尻ぬぐいだけでは足りぬ。なにより、和蘭陀商館を今のままで置いておきたいのは、松浦じゃでな」

酒井讃岐守が、さらに功績を求めた。

「なにをいたせば……」

執政の要求である。どれほどのものになるか、滝川大膳がおそるおそる尋ねた。

「先夜、そなたどもの屋敷前で不穏があったな。町奉行より報告があった」

「松倉家の上屋敷前での一件でございますか。それならば、この斎がその場におりましてございまする」

「ほう、話せ」

酒井讃岐守の命に、滝川大膳が弦ノ丞を示した。

「はっ」

酒井讃岐守に見つめられながら、弦ノ丞が語った。

「……なにやら裏がありそうじゃな」

聞いた酒井讃岐守が腕を組んだ。

「場所が松倉というのも気に入らぬ。あまりに符合しすぎよう」

「偶然の一致とは思えませせぬ」

滝川大膳も同調した。

「それを探れ。結果を出したならば、松平伊豆守の手出しを一度だけ防いでくれる」

酒井讃岐守が条件を付けた。

「ありがたい仰せでございまする」

老中の指図に異を唱えることはできなかった。滝川大膳が引き受けた。

「今後なにかあったときは、そやつを寄こせ。江戸家老が当家に出入りするよりは目立つまい」

酒井讃岐守が弦ノ丞を指名した。

江戸家老となれば、他家との交渉をすることもある。滝川大膳の顔を知っている者は少なくなかった。頻繁に酒井讃岐守の屋敷に出入りしては目立った。その点、弦ノ丞だと誰にも気づかれない。

「承知いたしましてございまする」

滝川大膳が三度、手を突いた。

二

一揆の抵抗に幕府も顔色を変えた。

「伊豆からなにか申してきたか」

三代将軍家光は、朝目覚めるとこう問い、

「未《いま》だなにもございませぬ」

阿部豊後守か堀田加賀守が首を左右に振るのが日課になった。

もう、二人の老中の脳裏からは、松浦家からの届けなど消え果てていた。

「大炊頭どの」

滝川大膳と弦ノ丞の訪問を受けた翌朝、江戸城御用部屋に入った酒井讃岐守が土井大炊頭へ声をかけた。

「なにかの、讃岐守どの」

「少しよろしいかの」

酒井讃岐守が土井大炊頭を御用部屋の外へと誘った。

「よろしいぞ」

土井大炊頭がうなずいた。

「…………」

並んで御用部屋を出て行く二人の先達《せんだつ》を、残った老中二人が見つめていた。

「なんであろうな、三四郎」

酒井讃岐守の密談を気にした阿部豊後守が堀田加賀守に問うた。

「それどころではないわ、小平次」

堀田加賀守が気にしている場合ではないと手を振った。

三四郎は堀田加賀守の通称であり、小平次は阿部豊後守の幼名である。こう呼び合うのは家光の閨《ねや》に侍《はべ》っていたころからの習慣であった。

「今頃、豊後守が気にしておりましょう」

御用部屋を出たところで土井大炊頭が小さく笑った。

「あやつは細かいゆえに」

酒井讃岐守も同意した。

「坊主」

少し離れた畳廊下の隅へと移動した酒井讃岐守が、御用部屋前で控えていたお城坊主を手招きした。

お城坊主は城中の雑用係であった。厠《かわや》への案内、白湯《さゆ》の供給、御使者代わりなどを役目としていた。御用部屋の前、あるいはなかにも数人が待機しており、これらは執政衆専用の御用部屋坊主として有能な者が配されていた。

「ただちに」

お城坊主が小腰をかがめて近づいてきた。

「今より、大炊頭どのと話をする。誰にも聞かれぬように他人払《ひとばら》いをいたせ。そなたも聞こえぬところで控えよ」

「わかりましてございまする。おい、あちらを頼む。愚昧《ぐまい》はこちらを」

同僚を呼んで、反対側を任せた御用部屋坊主が、酒井讃岐守と土井大炊頭から五間《けん》（約九メートル）ほど離れたところへ端座した。

「ご執政さま、お出《い》ででございまする。しばし、お進みなさいませぬよう」

人影が見えるたびに、御用部屋坊主たちが声を出した。

「さて、なにかの」

その様子を少しだけ見た土井大炊頭が、あらためて酒井讃岐守に尋ねた。

「まずは、よくない報せでござる。松平伊豆めが……」

酒井讃岐守が松平伊豆守がオランダに援軍を求めた話をした。

「おろかなまねを……」

聞いた土井大炊頭がため息をついた。

「目先の手軽さに飛びつくようでは、十年先、百年先の幕府を見据えた政などできぬ」

「老中が上様の寵臣《ちょうしん》で占められたとき、幕府は滅びの道をたどることになろう」

二人の老執政が顔を見合わせた。

「どうやって我らが、それを遅らせるか。これからは、そこに重点を置くことになるな」

土井大炊頭が目を閉じた。

「家康さまがおられたら、お嘆きになられたであろう。家光公を三代将軍となされたことを後悔なさったか……」

「我ら執政衆を厳しくご叱責になられるか……」

土井大炊頭と酒井讃岐守が肩を落とした。

「尻ぬぐいは松浦にさせまするが、よろしいかな」

「和蘭陀との遣《や》り取《と》りは、松浦が得意であろう。讃岐守どののなさりよう、お見事でございまする」

土井大炊頭が感心した。

「他には」

忙しい老中が御用部屋を長く離れているわけにはいかない。土井大炊頭が終わったかどうかを確認した。

「もう一点。やはり松浦のかかわりでございますがな。十一月の十日過ぎに、松倉の屋敷前で騒動があったのを覚えておいでであろう」

「十一月半ばに南町奉行から報告のあったものだな。覚えておる。そういえば、あれにも松浦の名前がござったな」

すぐに土井大炊頭が思い出した。

「昨日、訪ねてきた松浦の家老の本題がそれでござった」

「ほう……でなにを申して参りましたかの」

土井大炊頭が促した。

「あの夜のことを詳《つまび》らかに語りましてな」

「報告にはなかったことがあった」

「どころか、あれはほぼ偽りでござった」

確かめた土井大炊頭に酒井讃岐守が嘆息した。

「御上をだましたのか、松浦は」

すっと土井大炊頭の目が眇《すが》められた。

「事情を聞いたら、無理のないことであった。外様の小藩としてはな」

酒井讃岐守が首を横に振った。

「聞かせてもらえるのだろうの」

「もちろんじゃ。昨夜来た……」

土井大炊頭の要求に酒井讃岐守が応じ、昨夜の話をそのまま伝えた。

「手出しをするな。家のためか……」

聞き終わった土井大炊頭が難しい顔をした。

「藩士にとって、家は命だ。もちろん、我ら大名と呼ばれる者もだがな」

酒井讃岐守が苦笑した。

「きな臭いと思わぬか」

「場所が松倉の屋敷前だというところだろう」

「ああ」

理解の早い土井大炊頭に、酒井讃岐守が首肯した。

「あのとき、大炊どのに任されはしていたが、そのじつ、なにもできてはおらぬ」

「わかっておる。忙殺されていたからの」

ちらと土井大炊頭が御用部屋を見た。

「老中の仕事は、天下の政を無事になし、上様をお支えすることだというに、伊豆守のことばかり気にしおって。ここで悩んでいても、遠く島原には届かぬ。伊豆守を気にするならば、あやつが帰ってきたとき、すんなり御用部屋へ復帰できるよう、不要のものを片付けておいてやるべきだとわからぬらしい」

土井大炊頭があきれはてた。

「二人残されたのが役立たずすぎたわ」

酒井讃岐守も吐き捨てた。

「馬鹿ではない。伊豆守は切れる。阿部豊後は気づく、堀田加賀は動く。三人とも執政にふさわしい資質を持っているが……」

「三人とも同じ境遇で立身してきたのがまずい」

酒井讃岐守が述べた。

「未だ、あの三人を蛍などと呼ぶ愚か者がおる。たしかに、三人とも上様の男色相手として寵愛を受け、立身してきたには違いない。だが、それも老中になった段階で、話は変わる。老中は上様のご信頼を受けた証《あかし》である。三人は上様より選ばれたのだ。その三人を誹謗中傷《ひぼうちゅうしょう》するのは、上様を揶揄《やゆ》するも同じだとわからぬとは、情けない」

苦々しい表情を土井大炊頭が浮かべた。

蛍は尻が光る。そこから主君の男色相手を務めて出世した者たちを蛍と呼んで、蔑視した。

「誹謗中傷、嘲弄、嘲笑。これらの悪意は隠したつもりでも、向けられた者は気づく。面と向かって罵るだけの肚《はら》もないやからなど相手にせずばよいものを、上様の寵愛だけでなりあがった者は無視できぬ」

三人のうちでもとの家禄《かろく》がもっとも多い阿部豊後守でさえ六千石、松平伊豆守、堀田加賀守はそれよりも少なかった。それが家光の男色相手となったことで出世し、今や三人とも一万石をこえる大名である。

「急激な出世は、世の妬みを買う。わかっていることだ。それを気にするなとはいわぬが、あそこまでな。それが三人をより強固な絆《きずな》でつないでしまった。伊豆を気にしすぎて、政が止まりつつあることに、豊後も加賀も気づいておらぬ」

「そのしわ寄せを我らがしておるのだ」

二人が顔を見合わせた。

「まあ、言い訳だが、手が出せなかった。そこへ松浦家の話だ。どうであろう、大炊頭どのよ、この一件、松浦に任せてよいか」

「ふうむう」

顎に手をあてて土井大炊頭が悩んだ。

「外様大名に借りを作るのはいささかまずいのではないかの」

土井大炊頭が懸念を表した。

「その点は大丈夫だ。松浦には代償を渡す」

「代償……」

怪訝《けげん》な顔を土井大炊頭がした。

「松浦の家老が、言いおった。平戸城の蓄えを伊豆守に見られたと」

「伊豆にか……それはまたたいへんだな」

土井大炊頭がすぐに悟った。

「南蛮との交易は利がでかいと聞いていたが、それほどのものか」

「らしいな。松浦は六万石余りの表高だが、平地が少なく、実高は半分に満たぬそうじゃ。それが和蘭陀商館との遣り取りの利で、二十万石の大名にも匹敵するとよ」

「表高の三倍、実高の十倍近く……」

聞いた土井大炊頭が驚愕《きょうがく》した。

「伊豆は放っておくまい」

「ああ。なんとか理由をつけて和蘭陀商館を取り上げようとするであろうな」

酒井讃岐守の意見に、土井大炊頭が同意した。

「だが、そうなれば松浦は潰れる」

土井大炊頭が淡々と告げた。

「それを防いでくれとの願いであった」

酒井讃岐守が滝川大膳の狙いを語った。

「褒美の大きさの割に、持ちこんだものが軽すぎるな」

不釣り合いだと土井大炊頭が断じた。

「そこでじゃ。儂《わし》は松浦に裏を探り出せと命じた」

「ふむ」

土井大炊頭が腕を組んだ。

「おもしろいものが釣れればよし、失敗しても我らには傷が付かぬ」

「なるほど。だがの、讃岐守どのよ。あぶり出した者が、大山鳴動鼠一匹《たいざんめいどうねずみいっぴき》では困るぞ」

思ったほどたいしたことではない場合もあるぞと土井大炊頭が口にした。

「そのときは、松浦を切り捨てればよろしかろう」

酒井讃岐守が執政の顔で笑った。

三

江戸屋敷に戻った滝川大膳は、辻番《つじばん》の再編をした。

「斎を動かす。その補充に二人出す」

「大丈夫でございましょうか」

滝川大膳の指示に志賀一蔵が不安そうな顔をした。

「酒井讃岐守さまからのご命じゃ。斎を使えとのな」

「それは……」

「なんという」

志賀一蔵と田中正太郎が目を剝《む》いた。

「斎では足りぬときは、そなたたちも手を貸せ」

「もちろんでございまする」

志賀一蔵が首肯した。

「しくじるなよ。そなたに松浦の命運はかかっている」

滝川大膳が弦ノ丞に釘《くぎ》を刺した。

「……心いたしまする」

重責に弦ノ丞は震えた。

「下がってよい」

夜回りは免除する、と滝川大膳が弦ノ丞を解放した。

「はっ」

弦ノ丞は御用部屋を出た。

「……このままでは眠れぬ」

一人になった弦ノ丞は困惑していた。

「少し、歩きたい」

弦ノ丞は、屋敷を出た。

辻番の任は解かれていない。これは、夜中に屋敷を出ても問題ないようにとの考えによった。

武家には門限があった。日が落ちるまでに藩邸に戻っていなければ、欠け落ち者として厳しい処罰がなされた。もっとも、これも泰平が続くことで甘くなり、多少の遅刻は見て見ぬ振りをされるようになっていた。しかし、九州で有事が起こった今、遠く離れた江戸も緊迫している。

「どこの者か」

寄合辻番所に門限破りを咎められてはまずい。

「松浦の辻番でござる。夜回りをいたしておりまする」

こう答えれば、多少管轄の域をこえていても、問題にはならない。そこまで滝川大膳は読んでいた。

「しばし、出て参る。帰りは辻番所から戻る」

弦ノ丞は門番にそう述べて、藩邸を出た。

酒井讃岐守の上屋敷から帰ってきた段階で暮れ六つ（午後六時ごろ）は過ぎている。あたりはしっかりと夜になり、門限を過ぎた武家屋敷町から人気《ひとけ》は消えている。

「ここであったな」

弦ノ丞は松倉屋敷の前で足を止めた。

満ちるまで少しあるが、月は大きい。足下は月明かりで十分に見えた。

「あのとき……」

もう一度弦ノ丞はあの夜のことを思い出すため、松倉家の塀に背をもたれさせ、瞑目《めいもく》した。

「…………」

きしみ音を立てて松倉家の潜戸《くぐりど》が開いて、藩士が一人出てきた。

「辻番が出て参ったか」

あきらかな門限破りである。弦ノ丞は藩士のほうを見た。

「…………」

藩士は無言で、弦ノ丞とは反対側へと踏み出した。塀に身を潜める形になった弦ノ丞に気づかなかったのか、藩士はゆったりと歩いていた。

月明かりを背にした弦ノ丞から、その背中はよく見えた。

「あの背格好は……」

今し方思い出したばかりである。弦ノ丞は驚きの声をあげた。

さすがに背後からの声に藩士が反応した。

「誰だ」

逆光になる松倉藩士が、弦ノ丞を誰何《すいか》した。

「おぬし、ここで争いをしていたな」

塀から離れながら弦ノ丞が訊《き》いた。

「なに……きさまは」

まだ藩士は弦ノ丞を確認できていなかった。

「松浦家の辻番である」

「あっ」

弦ノ丞の言葉に、藩士が反応した。

「ひ、人違いであろう」

藩士があわてて否定した。

「いいや、その顔忘れてはおらぬ。あのとき、お家が大事ならば、首を突っこむなと言ったのはおぬしだ」

弦ノ丞は断言した。

「違うと申した。迷惑だ。先を急ぐゆえ、これにて」

さっと藩士が身を翻した。

「今、藩邸から出てきたのは確認した。逃げられると思うな」

弦ノ丞が後を追った。

「松倉の藩邸から出てきたとはいえ、そこの者とは限らぬ」

藩士が否定した。

「ならば辻番としての役儀で訊く。どこのどなたか、名乗っていただこう」

「お断りする」

弦ノ丞の求めを拒んだ藩士が駆け出した。

「待て」

逃げ出した藩士を弦ノ丞は追った。

松倉家の南は旗本屋敷で、その辻に寄合辻番所はあった。

「番士の方にご注進いたす。胡乱《うろん》な者がそちらに向かっておりまする。拙者は松浦家の辻番、斎でござる」

身許《みもと》をあきらかにしながら、弦ノ丞が叫んだ。

「胡乱な者だと」

寄合辻番所から辻番が顔を出した。

「ちいっ」

藩士が舌打ちをした。

「待て、何者だ。寄合辻番所の管轄である。神妙にいたせ」

寄合辻番が藩士を誰何した。

「邪魔だてをするな」

藩士が立ちふさがろうとする寄合辻番へ体当たりをした。

「わっ」

旗本の権威で押さえつけられると考えていた寄合辻番が、吹き飛ばされた。

「なにごとぞ。いかがなされた」

もう一人寄合辻番が顔を出したが、藩士を追うより同僚を気遣った。

「……………」

その有様に、弦ノ丞は苦い顔をしながら、走った。

「しつこいやつだ。もう、町内を出たのだぞ。そなたが辻番の権を振り回せる場所ではなくなった」

藩士が足を止めた。

「辻番所は江戸の城下の安寧を守るためにある」

弦ノ丞は言い返した。

「他人の管轄に口出しするともめ事になるぞ」

藩士が重ねて言った。

「家が潰れると言われて、そのていどのことで引くはずなかろう」

「くうう」

お家の大事となれば、家臣の命など省みられなくなる。弦ノ丞の断言に、藩士が詰まった。

「しつこいやつに捕まったものだ」

藩士が嘆息した。

「事情を聞かせてもらいたい」

不意打ちを喰《く》らっても対応できる間合い、三間（約五・四メートル）ほど離れたところで、弦ノ丞が要求した。

「首を突っこむなと言ったはずだ。松浦も巻きこまれるぞ」

「もう巻きこまれているわ。町奉行所には目をつけられておる」

同じことを繰り返した藩士に、弦ノ丞は告げた。

「町奉行所なら、どうとでもなろう。町方は侍に手出しできぬ」

藩士が相手にしなくていいと述べた。

「死体が転がっていたのだぞ。町奉行所が黙っているはずはなかろう」

「何度も言わせるな。町奉行所ごとき、放置してもどうということはない」

弦ノ丞の言葉を藩士があらためて否定した。

「町奉行所から老中へと話が回るだろう」

「老中が……」

藩士が難しい顔になった。

「巻きこまれているという意味がわかっただろう」

「そういうことか」

言われた藩士が、弦ノ丞を見た。

「幕府からなにか言ってきたのだな」

「そういうことだ」

確認された弦ノ丞が認めた。

「ふむうう」

藩士が考え込んだ。

「…………」

静かに弦ノ丞は間合いを詰めた。

「近づくな」

藩士は油断していなかった。

「…………」

刀の柄《つか》に手を添えた藩士に、弦ノ丞はあきらめた。

「板倉内膳正さまがお討ち死になされたそうだな」

「なぜ、それを知っている」

藩士が驚愕した。

板倉内膳正が島原で眉間を撃ち抜かれて死んだのが元旦《がんたん》、今はまだ十四日である。早馬でも使わなければ、江戸まで知れるはずはなかった。

「松浦は平戸ぞ。手段はいくつでもある」

「船か……」

弦ノ丞から言われた藩士が気づいた。

平戸は九州でも指折りの良港である。また、松浦氏は九州の北部から五島列島、朝鮮半島付近までを支配する海賊衆でもあった。徳川幕府の大名となってからも、水軍衆を維持し続け、その練度も高い。

千早と呼ばれる小舟を使えば、一日で博多どころか、下関《しものせき》にも届く。漕《こ》ぎ手を代えながら急げば、三日で大坂まで着いた。

「……その話を誰かにしたか」

「答える義理はないな。そちらは名乗りもせぬ」

藩士の求めを弦ノ丞は一蹴した。

「…………」

ぐっと藩士が弦ノ丞を睨《にら》んだ。

「付いてこい」

藩士が背を向けた。

「どこへ行く」

「黙っていろ。でなくば来るな」

問うた弦ノ丞を、今度は藩士が手厳しく拒んだ。

「…………」

弦ノ丞は口をつぐんだ。

敵か味方かわからない相手を背にしながら、平然と歩き続ける。間合いは三間を切っている。不意に弦ノ丞が斬りかかれば、まず防ぐこともかわすことも難しい。

よほど武術に自信があるか、いつ死んでもいいか、どちらかであった。

「及ばず……」

素直に弦ノ丞は勝てぬと認めた。

無言で藩士は歩き続けた。江戸城を迂回《うかい》するように、日本橋、中橋《なかばし》、京橋を渡り、そこで西へ進み、御成橋《おなりばし》で江戸城内廓《ないかく》へ戻るように北上した。

「ここだ」

御成橋を渡った正面から左に二軒目、大きな大名屋敷の前で藩士が足を止めた。

「どなたさまのお屋敷だ」

松浦家の屋敷とは江戸城を挟んでほぼ対角になる。こんなところまで来る用などない。

弦ノ丞は訊いた。

「なんでも他人に頼るな。それくらい調べろ」

冷たく藩士が拒否した。

「教えてやるのはここまでだ」

「待て、おぬしは」

名前だけでも教えるようにと弦ノ丞が言った。

「死人に名乗りは無用だ」

「……死人」

弦ノ丞が首をかしげた。

「雰囲気は変わらぬか。屋敷のなかも静かだ」

藩士が耳をそばだてた。

二人が立っているのは屋敷の裏手になる。こちらに辻番所はなく、夜回りでも来ない限り、見咎められることはない。

「隣家との壁は高いな。これならば邪魔は入るまい」

完全に藩士は弦ノ丞の相手を止《や》めていた。

「…………」

どこかわからないが、大名屋敷の側《そば》で、もめ事を起こすのはまずい。さきほどは藩士を脅すために、どこでもやるとは言ったが、現実主家に迷惑をかける。

「先夜、貴家のご家中が当家の屋敷前で……」

そう苦情を告げられたら、少なくとも用人以上が頭を下げなければならなくなる。

直接、言ってきてくれる分にはまだいい。

「このようなことがございました」

と大目付《おおめつけ》に届け出られれば、大事になる。

さすがにこのていどで、改易や領地削減はないが、大目付に目を付けられることになる。これはまずかった。

「明日にでも出直すしかないな」

夜中では、ここが誰の屋敷かを調べる術はない。弦ノ丞はそれ以上をあきらめた。

「…………」

まだ屋敷の様子を窺っている藩士を残して、弦ノ丞はその場を後にした。


松浦家の屋敷に戻ったときには、すでに深更近かった。

「戻りましてございまする」

明々と灯《あか》りを点《つ》けている辻番所へ、弦ノ丞は足を踏み入れた。

「おう、斎か。どこへ行っていた」

志賀一蔵が問うた。

「寄合辻番所からはなにも……」

答えるよりも先に、弦ノ丞が訊いた。

「……なにもなかったが、どうした」

志賀一蔵が怪訝な顔をした。

「じつは……」

今夜のことを弦ノ丞が語った。

「松倉から出た男が、寄合辻番所の番人を突き飛ばして逃げただと」

途中まで聞いた志賀一蔵が驚きの声をあげた。

「名乗ったのだな、斎は」

「はい。松浦の辻番だと申しました」

確認された弦ノ丞が答えた。

「田中……」

志賀一蔵が田中正太郎を見た。

「…………」

無言で田中正太郎が首を横に振った。

「寄合辻番は、見て見ぬ振りをするつもりだろう」

誰も来ていないのを確かめた志賀一蔵が言った。

「それでよろしいので」

若い弦ノ丞が不満を漏らした。

「一手持ちと違って、寄合辻番所はお旗本衆だからの。胡乱な者を捕らえた、あるいは討伐したとなれば、武名があがるゆえ、大声で広められるがな。逃がしたとか、辻番が逆に傷を受けたとあれば、名誉に傷が付く。そうならぬよう、なにもなかった体《てい》を取ることはままある」

世慣れている志賀一蔵が述べた。

「わたくしが見ておりますが」

寄合辻番が藩士に突き飛ばされるのを弦ノ丞は目撃していた。

「黙っていろということだな。いや、口止めにも来ないということは、なにもなかった、そう考えろとの意味だろう」

「辻番がそれでは務まりますまい」

志賀一蔵の説明に、弦ノ丞が正論を振りかざした。

「お旗本は、そういうものだ。天下の直臣《じきしん》だ。陪臣《ばいしん》以上の名誉と矜持《きょうじ》をお持ちなのだ。それをほじくり返すようなまねは、すべきではない」

世渡りだと志賀一蔵が、弦ノ丞を諫《いさ》めた。

「……わかりましてございまする」

弦ノ丞は渋々退《ひ》いた。

「で、続きを」

途中で遮った志賀一蔵が報告を続けろと命じた。

「……ということでございまする」

どこかの屋敷前まで連れて行かれたと弦ノ丞は告げた。

「むうう」

「……志賀どの」

志賀一蔵がうなり、田中正太郎が不安そうな顔をした。

「目的がわからん」

「はい」

弦ノ丞も同意した。

「屋敷の様子を窺っていたと言ったな」

「そのように見えました」

確かめる志賀一蔵に、弦ノ丞がうなずいた。

「かなりの遣い手が、他家の屋敷を……」

「まことに他家でしょうか」

思案しだした志賀一蔵に、田中正太郎が疑問を呈した。

「自家ならば、外から見ずともなかへ入れるだろう」

「藩内の争いということはございませぬか」

お家騒動ではないかと田中正太郎が述べた。

「それはあるか」

志賀一蔵が田中正太郎の意見を受け入れた。

お家騒動はどこの大名でも起こりえた。幸い、松浦家は直系での相続が続いたお陰で、さほどの波風も立たず、騒動というほどのもめ事を起こしていない。

しかし、どこの大名、旗本にかかわらず、家中には派というものができる。人が三人集まれば、二つに分かれるというのは真実なのだ。

松浦家にも城代家老を中心とする国元派、滝川大膳を頭とする江戸派の二つがある。正確には国元にあと二つ、組頭《くみがしら》と国家老をいただく派もあるが、さほど大きなものではなく、一族の集まりのようなもののため、相手にしなくていい。

国元派と江戸派が対立しているのは、江戸屋敷の費用がかかりすぎるといった経済上の問題が経緯《いきさつ》であった。

江戸屋敷は年貢を集めもしないし、交易にもかかわらない。一切、金を産まない。それでいて、幕府の機嫌を取るため、他家とのつきあいをおこなうためと莫大《ばくだい》な金額を消費する。

江戸には全藩士の三割弱しかいないにもかかわらず、経費は国元をはるかにこえているのだ。

「無駄遣いをするな」

国元から苦情が出る。なんの利もなく、浪費しているようにしか見えないから当然である。

「つきあいとか、幕府の重職方への気遣いとか、いろいろあるのだ」

江戸屋敷としては、気苦労を知らない国元がなにを言うかと反発する。

こうして国元と江戸は仲違《なかたが》いをし、派を作って互いを牽制《けんせい》し合うようになる。

このていどは、幕府に知られたところでどうということはなかった。もめたところで、直接顔を合わさないのだ。せいぜい、書状で罵り合うくらいでしかない。

問題になるのは、治政あるいは世継ぎの問題で藩が割れたときである。治政の場合は、藩主公が仲を取り持てば、なんとか治まる。だが、世継ぎは違った。

誰が次の藩主になるかで、己の未来《さき》が決まるのだ。己が押している者が藩主になれば、その御世《みよ》での栄達は保証される。逆に、敵方がその座を射止めると、まちがいなく干される。下手すれば放逐されるときもある。

藩主公が世継ぎを明言せず、候補が複数いるときは、かならずといっていいほどお家騒動になった。

「何々さまこそ、ふさわしい」

「いや、血統からいけば、某《なにがし》さまこそ藩主になられるべきである」

言い合っている間はまだいい。やがて、口では決着が付かないと、実力行使に出だす。相手側の派の中心人物を襲う、下手すれば藩主候補を毒殺する。こうなれば、もう戦いである。やられた側は報復に出、そして復讐《ふくしゅう》の連鎖に陥る。

これが外へ漏れ、幕府に知られれば、無事ではすまなかった。

よくて遠方への転封、減禄、悪ければ改易になる。

しかし、それをわかっていながら、止められないのが人の業《ごう》である。刀を抜いての闘争を、幕府の目がある江戸でやらかしても不思議ではなかった。

「松倉家の内紛か。ありえるな」

志賀一蔵がうなずいた。

「当代の松倉長門守さまの改易はまちがいなかろう」

「…………」

田中正太郎と弦ノ丞もそれはわかっている。圧政をおこない、領民に一揆を起こされただけでも家の存続は危ないのだ。そのうえ、幕府の上使が一揆勢に殺されてしまった。松倉長門守の切腹は避けられない。

「問題は、松倉家の再興になる」

志賀一蔵が話を続けた。

「松倉家は関ケ原で神君家康さまのもとへ、一騎で駆けつけたことで大名になった。徳川にしても潰したままで放置しにくい家柄である」

　幕府は瑕疵《かし》ある大名を遠慮なく改易させている。完全に根絶やしにする場合もあるが、古くからの名門、あるいは徳川家と格別の関係がある家にかんしては、子孫や縁者を召し出して、家名を残させるときも多い。

「とても今の領地で同じ石高とはいかないだろうが、松倉家も信州や奥州で一万石そこらの小名としての復活はある」

「一万石となれば、藩士のほとんどは放逐となりますか」

　田中正太郎が、問うた。

「禄を大幅に減らして、人員をできるだけ拾うというのもある。上杉《うえすぎ》さまがそうじゃ。関ケ原で徳川に敵し、百二十万石から三十万石へ減らされたが、藩士の放逐は望んだ者だけで、ほとんどをそのままお抱えになっている。まあ、禄は半分どころでないほど減らされているらしいが」

　志賀一蔵が応じた。

「それでも多くの藩士が路頭に迷うことになりましょう」

　弦ノ丞が眉をひそめた。

「いたしかたないことだ。そこで問題になるのが、誰が新しい松倉に残れるかという話になる」

「はい」

「たしかに」

二人も志賀一蔵の言いたいことを理解していた。

「今回の一揆の責任を押しつけあう。それから内紛に発展した。先夜の争いはそうであったのかも知れぬ」

志賀一蔵が推測した。

「なるほど」

田中正太郎が、手を打った。

「斎、今夜のことを明日にでも、酒井讃岐守さまへご報告して参れ」

「承知いたしましてございまする」

命じられた弦ノ丞が承諾した。

四

老中との面談を望む者は多い。

役目に就きたい大名、旗本をはじめとし、家格をあげたい大名や、幕府御用達《ごようたし》の看板が欲しい商人など、多岐にわたる。

江戸城内での面談はまず無理である。一日一度、老中の誰かが巡回と称する見回りをおこない、そこで陳情を受け付けてはいる。が、そこで話せば、老中に同行している御用部屋坊主、右筆《ゆうひつ》などにも内容が知られてしまう。

「なになにどのは、このようなことを望んでおられる」

「某が、同役の悪口をご老中のお耳に入れていた」

半日と経《た》たず、城中に話のすべてが広まってしまう。

なにか己の利を求める者、他人を出し抜きたい者は、屋敷へ向かい、個別での応対を望む。

それらの人で、老中の上屋敷は、昼前から行列ができていた。

先日は夕暮れ近かったこともあり、すんなりと面会できた。今は昼八つ（午後二時ごろ）すぎで、そろそろ酒井讃岐守が下城してくる。人が多いのも当然であった。

「……これに並ぶのか」

小さく嘆息して、弦ノ丞は最後尾に付いた。

大手門に近い酒井家上屋敷とはいえ、登城、下城は駕籠《かご》でおこなわれる。酒井家の表門が開かれ、迎えの駕籠を中心とした行列が、目の前の大手門前広場で整列した。

「さすがはご老中さまだ。大手門のなかまで駕籠が迎えに入る」

並んでいるうちの誰かが感心した。

「そろそろお帰りぞ」

別の誰かが、大手門を出てきた駕籠に気づいた。

並んでいる皆が、姿勢を正した。

「寄れ、寄れ」

老中だけに許された刻み足と呼ばれる小走りで、行列が屋敷へと戻って来た。そのまま小走りで、屋敷のなかへと入っていく。

一同は頭《こうべ》を垂れて、それを見送った。

「さすがは酒井さまじゃ。刻み足も揃《そろ》っておられる」

顔をあげた一人が感心した。

刻み足とは走っているとの体である。これは有事だけ老中が走ると、見た者すべてに異常が知られてしまう。それを防ぐために、平時でも老中の駕籠だけは駆け足に見える刻み足をするようになった。

行列の最後が門内に入ったところで一度表門は閉められた。

「御用のお方さまに申しあげる」

続けて潜戸が開き、若い藩士が出てきた。

「主、用意が整いますまで、今しばし、そのままでお待ちをくださいますよう」

若い藩士が一礼した。

「……松浦のご家中どのか」

一礼した若い藩士が、並んでいる人々をこえて、弦ノ丞のところまで来た。

「いかにも、松浦の家人、斎と申しまする」

問われた弦ノ丞が名乗った。

「やはりそうでございましたか。主が呼んでおりまする。ご同道を」

若い藩士が、弦ノ丞を促した。

「よろしいので」

並んでいる人々の目が厳しい。弦ノ丞は萎縮《いしゆく》した。

「ご懸念なく。主の言葉でございまする。それに異を唱えるお方は、当家へお見えにはなりませぬ」

文句があるなら帰れと、若い藩士は暗に言っていた。

「では、参りましょう。主がお待ちしておりまする」

酒井讃岐守を待たせる気かと、若い藩士が弦ノ丞を急《せ》かした。

「お先でござる」

申しわけないと一礼して、弦ノ丞は若い藩士に従った。

酒井讃岐守ほどになれば、応対の間も客ごとに変える。玄関に近いほど、格下となる。

弦ノ丞は玄関脇の小部屋に通された。

「なにがあった。昨日の今日ぞ」

すぐに酒井讃岐守が現れた。弦ノ丞が挨拶をする間もなく、立ったままで酒井讃岐守が問うた。

「お忙しいところ……」

「余分はよい。時間の無駄じゃ。用件だけ申せ」

礼をしかけた弦ノ丞を、酒井讃岐守が制した。

「はっ。昨夜……」

弦ノ丞は子細を報告した。

「どこの屋敷かはわかったのか」

「いえ」

「それくらい調べぬか。そのくらい気が回らぬと、当家では務まらぬわ」

首を振った弦ノ丞を、酒井讃岐守が叱った。

「申しわけもございませぬ」

酒井家に仕官しているわけでもないが、老中の怒りを受け流すわけにもいかない。弦ノ丞は謝罪した。

「誰《たれ》ぞ、絵図を持って参れ」

酒井讃岐守が手を叩《たた》いた。

「……これを」

まもなく先ほどの若い藩士が、江戸の絵図を用意した。

「どこだ」

指させと酒井讃岐守が弦ノ丞へ命じた。

「日本橋……京橋で、ここが御成橋……ここでございまする」

弦ノ丞が一軒の屋敷を指さした。

「これは寺沢兵庫頭《てらさわひょうごのかみ》の上屋敷だな。健二郎」

酒井讃岐守が若い藩士に確認した。

「仰せのとおりでございまする」

健二郎と呼ばれた若い藩士が首肯した。

「松倉の家臣が、寺沢兵庫頭の屋敷を窺っていた……」

酒井讃岐守が考えこんだ。

「寺沢さまのお屋敷……お家騒動ではなかったのか」

昨夜の結論はまちがいだったかと弦ノ丞は思わず口にした。

「松倉のお家騒動だと思ったのか」

独り言に酒井讃岐守が反応した。

「ふうむ。松倉が潰れると読んだだけでなく、再興も考えに入れているか。なかなかよな。そなたの考えか」

「とんでもございませぬ」

訊かれた弦ノ丞が首を左右に振った。

「そうであろうな。そなたは気が回るほうではない」

酒井讃岐守が断言した。

「畏れ入りまする」

低い評価だが、老中には文句をつけられない。弦ノ丞が申しわけないと身を小さくした。

「松倉の家臣が寺沢の屋敷を窺う。その前には、松倉の家臣が何者かに襲われた経緯がある。ここから導き出されるのは……」

答えてみろと酒井讃岐守が、弦ノ丞を見た。

「先夜の襲撃は、寺沢家の者が松倉家の家臣を狙ったものであったと推察いたしまする」

「これくらいはわかるか」

答えた弦ノ丞を酒井讃岐守が笑った。

「では、なぜ、寺沢が松倉を襲ったと思う」

ふたたび酒井讃岐守が質問した。

「……わかりませぬ」

少し考えたが、弦ノ丞は降参した。

「無理もない」

酒井讃岐守は咎めなかった。

「一揆の実状を理解していなければ無理だ」

「お伺いいたしてもよろしゅうございましょうや」

考えを聞かせて欲しいと弦ノ丞は願った。

「そなただけでは、意味がない。わかるかどうかも知れぬ。明日、八つに先日の家老を同道して参れ。そこで話す」

酒井讃岐守が拒んだ。

「承知いたしましてございまする」

弦ノ丞は手を突いた。

「うむ」

うなずいて酒井讃岐守が応対の間を出ようとした。

「畏れながら……」

弦ノ丞がおずおずと声を出した。

「なんじゃ」

行動を止められた酒井讃岐守が不機嫌そうな顔で弦ノ丞を見た。

「お話を伺い、ご指示をいただくまでは、松倉家、寺沢家への手出しは控えたほうがよろしゅうございましょうや」

今夜一晩、どうすべきかを弦ノ丞は問うた。

「そうよな。わざわざ寺沢の屋敷までいくことはないな。あの辺りは大名屋敷が多い。辻番所もかなりある。そこへ離れた松浦家の辻番がうろつくのはまずいな」

酒井讃岐守が続けた。

「かといってなにもせぬでは話にならぬ。隣屋敷をよく見張っておけ。もし、松倉が動くようならば、なにをするかを見届けよ。ただし、手出し一切を禁じる」

「わかりましてございまする」

弦ノ丞は、もう一度額を床に押しつけた。

酒井讃岐守の屋敷から松島町の上屋敷へ戻る途中、弦ノ丞はふと違和感を感じた。

「付けられている……」

背筋に人の目が向けられていると弦ノ丞は感じた。

剣術をあるていど修練すると、他人の気配に敏感になった。最初は対峙《たいじ》している相手が、どこを撃とうと見ているかがわかるていどだったが、やがて少し離れたところから見られているのに気づくようになる。

今では後ろからのものでもわかるようになっていた。

「………」

弦ノ丞は振り向く愚を犯さなかった。気配を感じてなにか反応すれば、相手に気づいたことを教える羽目になる。それが後々で不利な状況を作り出すかも知れないのだ。

辻を曲がるまで我慢した弦ノ丞は、その瞬間、わずかに首を動かして背後を見た。

「あれは……南町の与力」

しつこく志賀一蔵に迫り、そのうえで己を誘った相生の顔を、弦ノ丞はよく覚えていた。

「なぜ、今ごろ……」

あれから一カ月と少し、いや二カ月に近い。あれ以来、相生は一度も松浦家を訪ねてきてはいないのだ。

その相生が、弦ノ丞の後を付けていた。

「わからぬ。とにかく屋敷へ戻り、志賀どのに」

意図が読めない弦ノ丞は、相生の対応を志賀一蔵に一任しようと考えた。

「気づきやがったな」

相生はすぐに見抜いた。

「えっ」

供をしていた配下の御用聞きが驚きの声をあげた。

「辻を曲がってから、少しだけだが足を速めやがった」

違いを相生が指摘した。

「そいつは気づきやせんでした。さすがは旦那《だんな》だ」

配下の御用聞きが感心した。

「蓮吉《れんきち》、先回りをして松浦の屋敷あたりに忍んでいろ。儂が揺さぶりをかける。その後でどう動くかを確かめろ」

「へい」

相生の指示に、蓮吉が辻を曲がった。

「行き先はわかっているんだ。慌てることはねえな」

蓮吉を見送って、相生がゆっくりと歩き出した。

屋敷へ着いた弦ノ丞は、志賀一蔵を探した。

「志賀さまは」

「非番でお長屋だ」

当番として辻番所に詰めていた田中正太郎が告げた。

「……まずい」

「なにがあった」

弦ノ丞の態度に田中正太郎が問うた。

「町方与力が、拙者の後を付けておりました」

「あいつがか」

田中正太郎も嫌な顔をした。

「志賀どのがお休みのときに……」

「お役目のこともございますゆえ、おこしいただくのも申しわけない」

田中正太郎と弦ノ丞が困惑した。

「御家老にご相談するしかなかろう」

「いかにも」

名案だと弦ノ丞も同意した。

「急げ。与力が来たら足止めされる」

「承知」

弦ノ丞が辻番所の出入りを使って屋敷のなかへ入った。

酒井讃岐守のもとへ出向いていた弦ノ丞である。その返答は松浦家の運命を決しかねない。弦ノ丞の目通り願いは、即座にかなえられた。

「ただいま戻りましてございまする」

慌てていても礼儀は尽くさなければならないのが宮仕えである。弦ノ丞が御用部屋の襖際《ふすまぎわ》で手を突いた。

「ご苦労であった。で、御老中さまはなんと」

「ご報告は後ほど。今、帰邸の途中……」

「……与力が後を付けてきていただと」

滝川大膳が声をあげた。

「どこから付けられていた」

「わかりませぬ。途中で気づきましたが……」

問われた弦ノ丞が首を横に振った。

「讃岐守さまのお屋敷からだと、まずいな」

滝川大膳が苦い顔をした。

「ご家老さま」

そこに声がかかった。

「なんじゃ。今、多忙である」

「辻番所からの報せで、南町奉行所与力の相生さまがお出でと」

近習《きんじゅ》が告げた。

「来たか」

滝川大膳が弦ノ丞を見た。

「いかがいたしましょう」

「そなたは出るな。儂が行く。ここで待っておれ」

問うた弦ノ丞を滝川大膳が留《とど》めた。

「よろしいのでございまするか」

「なにを言うかわからんからな」

当事者がいなくても大丈夫かと訊いた弦ノ丞に、滝川大膳が返した。


相生は辻番所の板の間上《あ》がり框《かまち》に腰掛け、煙管《キセル》をもてあそんでいた。

「若い辻番がいたよな」

「斎でございますか」

「名前までは覚えていねえよ」

確認した田中正太郎に、相生が述べた。

「さっき帰ってきただろう」

「ならば斎でございますな」

田中正太郎が答えた。

「そいつを呼んでもらおうか」

「斎は非番でございまして、今、どこにおるかはわかりかねまする」

呼び出すことはできないと田中正太郎が拒んだ。

「屋敷に入ったように見えたが」

相生が煙管に煙草《たばこ》を詰めた。

「非番の日でございますので」

知らないと田中正太郎が突っぱねた。

「じゃあ、おめえさんに訊こうか」

煙管に火を付けながら相生が田中正太郎へ問うた。

「あれから、なにがあった」

「なにもございませんが」

田中正太郎が首を左右に振った。

「ご老中さまのお屋敷に出入りしているようだが」

「存じませぬ」

重ねられた問いにも田中正太郎は答えなかった。

「ふうん」

相生が煙草を吹かした。

「どなたかお出でか」

機を見ていた滝川大膳が、屋敷側の戸を開けて辻番所へ入った。

「おめえさんは」

相生が誰何した。

「当家江戸家老滝川大膳でござる」

「南町の与力、相生だ。見知りおいてくれ」

初見の挨拶を二人が簡単にかわした。

「ご家老さまが辻番所まで来るとは、珍しいな」

わざと敬称を付けて相生が、皮肉げに言った。

「主肥前守が留守しておる間、わたくしが屋敷のすべてを預かっておりまするゆえ」

別段不思議なことでもないと滝川大膳が応じた。

「熱心なことだ」

相生が煙管を上がり框にぶつけ、なかの灰を捨てた。

「となるとだ、おめえさんも昨年十一月の一件を知っているんだな」

「町方のお方が興味を持たれるものといえば、隣家のことでございますかな」

滝川大膳が隣家に力を入れた。

「そうだ」

相生がうなずいた。

「死体が一つあり、町方へ届け出たとの報告は受けておりまする」

「それだけか」

告げた滝川大膳を相生が見つめた。

「他になにが」

滝川大膳が首をかしげた。

「いろいろあるだろう。下手人は証拠を残していないかと現場に戻ってくることが多い。あれからも不審な者を見ただろう」

「田中」

質問の答えを滝川大膳は田中正太郎へ投げた。

「思い当たりませぬ」

田中正太郎が否定した。

「なにもなかったと」

「上様のご威光で、平穏でございまする」

旗本が決して否定できない将軍を田中正太郎は出した。

「ちっ」

相生が舌打ちをした。

そんなことはないと言えないのだ。言えば、目付の取り調べを受ける羽目になる。そして、まずまちがいなく改易された。幕府にとって将軍の権威ほど重いものはない。

「率爾《そつじ》ながら、松倉家の管轄の場所でございましょう。当家よりも隣家へお問い合わせいただくのがよろしいかと」

滝川大膳が、帰れと言外に含めた。

「亀のように引きこもって見てもいねえ連中に、訊く意味はねえ。無駄手間はしたくねえ」

相生が拒んだ。

「そういえば、最近、ご老中さまのお屋敷に出入りしているそうじゃねえか」

じろりと相生が滝川大膳をにらんだ。

「島原に当家は近《ちこ》うございますので、どのように対応をいたせばよいか、御老中さまにお伺いを立てておりまする」

滝川大膳が告げた。

「…………」

これも当然の対応である。相生が黙った。

「主が御上のお指図に従い、国元に戻っておりますので、江戸表をお預かりいたしておりますわたくしが酒井讃岐守さまのもとへ行かせて……」

「待ちな」

もう一度念を押すように老中の名前を出した滝川大膳を相生が制した。

「おめえが直接讃岐守さまのお屋敷へ行っているように聞こえるが、先ほどは若い者だけで、おめえの姿はなかったよな」

ごまかすなと相生が、滝川大膳を睨んだ。

「やはり、おわかりではございませんか」

「なにがでえ」

相生が声を低くした。

「いかに要りようなこととはいえ、いきなり酒井さまのお屋敷へ参じては、無礼になりまする。前もって行かせていただきたい旨を問い合わせるのが筋。いや、町方のお方ではご存じないかも知れませんが」

不浄職では、そういう手続きの要る身分高い人物との面談をすることはないから無理はないと滝川大膳は言外に含ませた。

「……てめえ」

しっかりと相生はその意味を理解した。

「で、他には」

「なにを摑《つか》んでいる。隠しごとはためにならねえぞ」

もう一度相生がすごんだ。

「隠しごとなどございませぬ。当家は御上に忠実にお仕えいたしておりまする。すべては讃岐守さまにご報告いたしておりますれば」

「……町方ごときが口を挟むなと言いたいのだな」

相生が顔色を変えた。

「…………」

滝川大膳が口をつぐんだ。

「このままですむと思うなよ」

酒井讃岐守の名前を出されては、それ以上食い下がれない。滝川大膳に告げ口されれば、相生どころか町奉行の首が飛ぶ。酒井讃岐守の権はそれほど強い。

「……よろしいのでしょうや」

憤怒《ふんぬ》の足音を残して去っていった相生の背中を見ながら、田中正太郎が滝川大膳に訊いた。

「ああしておけば、なんとか糸口を見つけてやろうと、当家の見張りを一層熱心にしてくれるだろう」

滝川大膳が述べた。

「見張りでございまするか」

田中正太郎が、首をかしげた。

「今も見張られているはずだ。町方はそれを得意としている。わからぬか、斎が酒井讃岐守さまの屋敷から出るところを偶然見つかったと思うか。町方は町人地にしか用はない。その町方が大手門前、お城の内廓にいた」

「……それは」

「たしかに町奉行所は呉服橋門《ごふくばしもん》のなかだが、それ以上に讃岐守さまのお屋敷はお城に近い。一目で町方とわかる者が大手門に近づく。なにかなければあり得まい。つまり、あの与力、あるいはその意を受けた者が斎の後を付けていた」

「まさに」

滝川大膳の説明に田中正太郎が納得した。

「しかし、見張られてよいとはどういう意味でございましょう」

「隣家になにかあったとき町方がおれば、当家はかかわらずともすもう」

滝川大膳が告げた。

「これ以上巻きこまれてはたまらぬ」

「…………」

「辻番で手柄を立て、御上のお覚えめでたくと考えたが、松倉がことは、その辺の辻斬りや斬り取り強盗ではない。もっと面倒なものじゃ」

滝川大膳がため息を吐《つ》いた。

「ですが、讃岐守さまからのご命がございましょう」

「……それよ」

困惑の表情を滝川大膳がした。

「ご命は果たさねばならぬ。松浦は役に立つと見せつけねば、見捨てられる。松平伊豆守さまの手出しを防いでいただくには、相応の働きが要る」

「無体な伊豆守さまを抑えていただくだけではございませぬのか」

田中正太郎が、怪訝な顔をした。

「執政は、決してただ働きをしてはくださらぬ」

滝川大膳が断言した。

「ただ働き……」

「そうじゃ。かならず見返りを求める。それが執政衆というものだ」

「なぜでございましょう」

田中正太郎が、問うた。

「一度でもただ働きをすれば、それが慣例になる。松浦の言うことを聞いたのに、当家の願いは却下されるのはなぜと言われたときに困ろう。そうなれば政の土台が崩れる。松浦は伊豆守さまの手出しを防いで欲しいと願った。それを讃岐守さまがよしとした。では、松倉家が取り潰しを止めてくれと願ったとしたらどうなる」

「それは認められますまい」

「ああ。それを認めれば、秩序が乱れる。松倉は潰されるだけのことをした。因果応報というのは正しくないだろうが、責任は取らねばならぬ。松倉には、潰されるだけの原因があったゆえ、願いはとおらぬと考えるむきもでよう。では、どこでもいい、大名が参勤交代を免除してくれと言ったら……妻子を国に帰したいと求めたら。なんの罪科《つみとが》もない大名がだ」

「………」

「であろう。認めれば御上の作られた武家諸法度《ぶけしょはっと》は形骸になる。御上が成りたたなくなる」

「そのような願いを求める者など……」

田中正太郎が、抵抗した。

「おるまいとは言えぬ。人というのはなにをしでかすかわからぬ。そういった要望を出させぬためにも、執政はただ働きをせぬ。願いよりも大きな功績が立てられたとき、ようやく執政は動いてくれる。信賞必罰も政の基本であるからな」

滝川大膳が語った。

「手柄とは厳しい」

難しい顔で田中正太郎が呟《つぶや》いた。

「志賀を始め、そなたたちには無理をさせるが、お家の為《ため》じゃ」

「もちろん、命などは惜しみませぬが……手が足りませぬ」

田中正太郎が嘆いた。

弦ノ丞が酒井讃岐守の命で独自に動くため、その分の補充を受けたとはいえ、辻番の数は少ない。非番、当番、宿直番《とのいばん》を考えれば、とても足りてはいなかった。

「わかってはおるが、辻番をさせられるだけの腕を持つ者は、殿に従わせたのでなあ」

滝川大膳が首を左右に振った。

あのときは、領国から近い島原へ駆り出されるかも知れないと考えて、江戸から国元へ戻る藩主に多くの藩士、それも武に優れた者を付けた。

当座は長崎付近の警衛だけで腕利きの出番はなかったが、板倉内膳正の討ち死にした元日の戦いの影響で、松浦家にも派兵の指示が出た。

藩主になにかあれば、家は潰れる。それを防ぐために、多くの藩士が供をする。滝川大膳の考えは、まちがえてはいなかったが、ほとんどの藩士を引き抜かれた江戸藩邸は、穴だらけに陥っていた。

「江戸に残っている者は、勘定方と留守居役がほとんどだ。辻番を命じても、剣さえまともに振れまい。これでは援軍になるどころか、足手まとい」

「…………」

田中正太郎が、黙った。

「それもあって町方を使いたかったのよ」

「見張りをさせる……」

「隣でなにかあれば、町方はかならず出てくる。これ以上、辻番所に大きな顔をされてはたまるまい。なにより、当家を追い詰めるだけのものを逃すまいと動く」

「そのために、わざと町方与力どのを怒らせた……」

「これも家老の仕事」

驚いた田中正太郎へ、淡々と滝川大膳が言った。

「そろそろよろしいか」

内側の扉からそっと声がかけられた。

「斎か。よいぞ」

滝川大膳が許可した。

「ご家老さま、ご用人どのが御用部屋へお戻りをと」

「そうであったな。案件を残したままであった」

弦ノ丞に言われた滝川大膳があわてて腰をあげた。

第四章　新旧相克

一

島原の乱は、松平伊豆守信綱があらたな増援として十万の軍勢を率いて来たことで、一揆《いっき》側優勢の状況は一変した。

さらに松平伊豆守の依頼を受けたオランダ船が、海から原城へ砲撃を加え、一揆側の志気が大きく落ちた。

「無理押しはせぬ」

松平伊豆守はまだ慎重であった。

「これは上様の戦いではない。松倉の後始末である。それで上様の大切な兵を損じるわけにはいかぬ」

集まった諸大名たちの顔を松平伊豆守が見回した。

「一揆勢を干殺《ほしころ》しにせよ」

松平伊豆守が命じた。

干殺しとは城中から外への、外から城中への連絡を遮断し、食料の供給を絶つことで敵兵を飢えさせる策である。戦国時代、羽柴秀吉《はしばひでよし》が毛利氏側の鳥取城を攻めたときに実行し、味方の損害なく、城を落としている。

「ただ囲むだけではない。城中へ矢文《やぶみ》を送れ。今寝返って城門を開けた者は罪を問わぬだけでなく、褒美を与えるとな」

城中に不和を招くため、松平伊豆守が続けて手を打った。

「あと和議の使者を出せ」

「和議をなさるおつもりでございまするか」

「それはいささか問題が」

「ここまでされて、一揆どもを許すなど」

松平伊豆守の言葉に、同行していた諸大名たちが驚いた。

大名領での百姓一揆だと、和議はけっこうあった。首謀者を差し出す代わりに、年貢を下げるだとか、圧政を敷いた代官を更迭する代わりに我慢するだとか、互いに歩み寄り一揆を終わらせる。

これは双方に利があった。いかに一揆が決死の覚悟とはいえ、鍬《くわ》や錆刀《さびがたな》で鉄炮《てっぽう》や槍《やり》で武装した藩士と戦えるわけはない。ぶつかれば、それこそ皆殺しになった。

また、大名は一揆を長引かせることで幕府に目を付けられるよりは、多少の譲歩をしても得になった。

しかし、キリシタンの一揆は別ものであった。

幕府が禁じているキリスト教の信者による一揆なのだ。これを許せば、キリスト教を禁じた法を否定することになる。幕府が己で己の権威に砂を掛けるにひとしい。

さらに今回の一揆では、幕府方の大将であった板倉内膳正重昌が討ち取られてしまっている。戦いは時の運。戦場にある限り、どのような目に遭っても不思議ではないが、なにぶんにも相手が悪い。武士ではなく百姓に負けたとあっては、幕府の威光は地に落ちる。

なにがあっても実力で鎮圧しなければならない。大名たちの文句は当然のものであった。

「助かるかもと思えば、矛先も鈍ろう。追い詰めすぎては、窮鼠《きゆうそ》猫を噛《か》むになりかねぬ。和議をちらつかせ、向こうから攻めかかってくる気を削《そ》ぐ」

松平伊豆守が答えた。

「もし、あの者どもが和議を受け入れ、一揆勢どもが城から出るようなことになれば、悪《あ》しき前例を残すのではございませぬか。御上《おかみ》が弱腰だと思われては……」

一人の大名が懸念を表した。

「あやつらが、原城から生きて出る。それだけはない。和議など端《はな》から成立させる気はない。日を稼ぎ、食料を浪費させるのが目的じゃ。食いものがなくなり、立つだけの力がなくなったときこそ、総攻撃の日」

許すつもりなどなく、策だと松平伊豆守が宣言した。

その言葉通り、干殺しにあった一揆勢はたちまち飢えに襲われた。なにせ戦うことさえできない女子供まで引き連れて籠城しているのだ。三万七千をこすという一揆勢の消費はすさまじく、持ちこんでいた食料ではどうしようもなかった。

「外へ出てくる者は殺せ」

空腹の余り、見つからぬよう暗くなってから城を出て、草や動物などを手に入れようとする一揆勢を松平伊豆守は、見逃さなかった。

松平伊豆守が来てから一カ月以上、一揆勢はよく頑張ったが、ついに兵糧が尽きた。城中にいた馬、犬、鼠《ねずみ》なども食い尽くし、一揆勢は骨と皮になった。

飢えに耐えきれなくなった者が、城から出てきても差し出されたのは救いの手ではなく、槍の穂先であった。

「助けてくれ」

「そろそろよかろう」

出てきた一揆勢の腹を裂き、胃の腑《ふ》のなかが空なのを確認した松平伊豆守が、総攻撃をかけた。

「一人も残すな」

松平伊豆守が撫《な》で切《ぎ》りを命じた。

「手柄の立てどきじゃあ」

「先日の恨みぞ」

寛永十五年（一六三八）二月二十七日に始まった総攻撃は、すさまじいものになった。

「死を怖《おそ》れるな。神の御許《みもと》に行くだけぞ」

「どうせ殺されるなら、精一杯あがいてくれる」

一揆側も空腹で力の出ないなか、必死で抵抗した。が、すぐに勝負は決した。

一月一日に板倉内膳正を先手《さきて》とする四万の軍勢を退けた原城も、力の出ない兵士と女子供では支えきれるものではなかった。

翌二十八日、原城は落城した。

「生存者、落人《おちうど》を逃すな」

松平伊豆守が徹底させた。

結果、早くから松平伊豆守と内通し、城中の様子を漏らし続けた絵師だけが唯一生き残り、原城にいた三万七千をこえる一揆勢は全滅した。

「残党を探し出せ」

それでも松平伊豆守は治まらなかった。

「あとは余がおらずともよかろう」

戦後の後始末をおおむね終わらせた松平伊豆守は、江戸へ凱旋《がいせん》した。

「残るは、松倉を始めとする切支丹が隠れていた大名どもの責任を問うだけよ。なんとしてでも上様のお名前に傷をつけぬように処理せねばならぬ」

松平伊豆守が目を細くした。

武家地に木戸はない。木戸を閉めてしまうと、お家になにかあったときの急使たちの通行の妨げになってしまう。他家の急使を木戸で止めたりしては大事になる。なにより、家の格がそれぞれの大名によって違うのだ。譜代大名を外様大大名の木戸が止める。外様大名が御三家の家臣の通行を認めないなど、たちまち大騒動になる。それもあって武家地に木戸は設けられていない。あっても形だけのもので、扉は開け放たれ、番人さえ置いていないのが普通であった。

町屋には木戸番があった。木戸は日が落ちてしばらくすると厳重に閉じられる。もちろん、開けさせることはできる。木戸脇の番小屋に声をかけ、帰宅のためか、通行のためかを報告すれば開けてもらえる。

実質、江戸は闇に染まっても自在に動けたが、木戸番に声をかければ、密《ひそ》かに行動するわけにはいかなくなる。

黙々と進む松倉家の家臣たちは町屋を避けて、進んでいった。

江戸城の内廓《ないかく》の諸門は暮れ六つ（午後六時ごろ）で閉じられる。とはいえ、潜門《くぐりもん》は深更まで開かれている。これも先ほどと同じく、藩邸への連絡などをする藩士を邪魔しないためであった。

「まさか……」

歩いているだけでは、他家の藩士たちに声をかけるわけにはいかない。見張っていた松倉家から出た連中の後を黙って付けていた弦ノ丞があるていどのところで気づいた。

「どうした、斎」

志賀一蔵が問うた。

「先夜と同じ経路をたどっているようでございまする」

「……ということは、あやつらの目的は、寺沢兵庫頭さまのお屋敷か」

応じた弦ノ丞に、志賀一蔵が告げた。

「まちがいない……」

御成門を通過したところで、弦ノ丞は確信した。

「何をする気だ」

志賀一蔵が困惑した。

「とにかく、追いつきましょうぞ。姿が見えなくては、なにもできませぬ」

弦ノ丞が、内廓へ入ろうと急《せ》かした。

「うむ」

うなずいた志賀一蔵が、先に立って内廓へと足を踏み入れた。

「旦那」

二人の後を付けていた蓮吉が相生の顔を窺《うかが》った。

「……追うぞ」

一瞬、躊躇《ちゆうちよ》しかけた相生が、己の背中を押すように言った。

「よろしいので。城中は町方の手が出せるところではございません」

蓮吉が二の足を踏んだ。

内廓は本丸の外なので、厳密にいえば城中ではない。しかし、そのていどの違い、町人にはなんの意味もなく、等しく踏み込んではいけない場所であった。

「咎《とが》められることはねえ。堂々としてろ」

大名屋敷しかない内廓だが、町人も出入りしていた。大名屋敷へ用のある商人や、職人はもとより、国元から江戸へ出てきた領内の者も藩邸には立ち寄る。さすがに日没を過ぎてからはないが、それでも藩邸に奉公している小者もいる。

武家身分でなくとも、内廓で目立つことはなかった。

とはいえ、相生になにかあったときには巻きこまれる。

「勘弁してくださいよ」

嫌々ながら、蓮吉が相生に従った。

二

内廓に入った松倉藩士たちは、寺沢兵庫頭の上屋敷の表門へと回った。

「…………」

表門の前で五人の松倉藩士が足を止め、顔を見合わせた。

「いけるな、戸山」

先日、弦ノ丞と話をした松倉藩士が、小柄な同僚に確認した。

「お任せあれ。悪いが、西沢、膝を貸してくれい」

戸山と呼ばれた藩士が、隣の大柄な藩士に声をかけた。

「うむ」

西沢が門脇の塀に近づき、片膝を突いた。

「よいぞ」

「ごめん」

合図にうなずいた戸山が、西沢の立っている片膝に足をかけ、軽々と寺沢兵庫頭の上屋敷の塀を乗りこえた。

「……なにを……ぎゃっ」

門脇の小屋から苦鳴が聞こえた。

「……待たせた」

潜戸が開き、戸山が顔を出した。

「西沢、表門を開ける手伝いを」

「承知」

西沢が潜戸から入り、戸山と二人で寺沢兵庫頭の上屋敷の表門を開いた。

「よし、行くぞ」

表に残った三人が、手早くたすきを掛けた。

「なにをする気だ」

遠くから見ていた弦ノ丞が首をかしげた。

「忍びこむならわかるが、わざわざ表門を開けるなど……」

「表沙汰にしたいのだろう」

弦ノ丞の疑問に志賀一蔵が答えた。

「大名や旗本の屋敷は、城と同じ扱いを受ける。表門は大手門だ。表門が開かない限り、城は落ちてはおらぬ。なかで屋敷が燃えていようが、争闘がおこなわれていようが、外からはいっさい手出しができぬ決まり」

「火事でも……」

弦ノ丞が驚いた。

江戸は火事が多い。赤城山《あかぎやま》からの吹き下ろしにさらされる冬はとくにひどい。雨が降らず、乾きがちになるため、小さな火災が大きなものになる。それだけに江戸は火事には厳しい。

「泥棒だ」

「殺される。助けてくれ」

これらの悲鳴には、かかわりを嫌がって反応しない江戸の町民も、

「火事だあ」

の一言には素早く反応した。

「どこだ」

「水を持ってこい」

あっという間に声が聞こえた範囲すべての者が表に飛び出してくる。

火事はすべてを奪う。家も財産も人の命も焼き尽くす。失うものが多すぎる。ゆえに江戸は火事を嫌い、憎んだ。

「そうだ。火事で、門の向こうで表御殿が紅蓮《ぐれん》の炎に包まれていようともだ。門が開か

ない限り、火消しであろうが、近隣の者であろうが、手出しはできない。それが武家の決まりである」

志賀一蔵が告げた。

「わざわざ寺沢家の表門を開け放ったのは……」

「他家の介入を求めるためだろうな」

「なぜ……」

弦ノ丞が疑問を口にした。

「家臣が他家を襲撃した。しかも江戸で。となれば主家は無事で……」

言いかけて弦ノ丞が気づいた。

「松倉は潰れる。なにをしなくてもな。そして島原の乱を起こした松倉の家臣たちに、あらたな仕官先はない」

志賀一蔵が述べた。

「寺沢家を道連れにするつもりなのでございましょうや」

「おそらくな」

弦ノ丞の推測を志賀一蔵が認めた。

「どうして……」

「わからぬ。多少思いはかることはできるがの。正解かどうかはわからぬ。知りたければ、直接訊《き》くしかなかろう」

さらなる疑問を口にした弦ノ丞へ、志賀一蔵が首を横に振った。

「喧《けん》嘩《か》両《りょう》成《せい》敗《ばい》が幕府の決まり。松倉から仕掛けたとはいえ、寺沢家もこれで取り潰しは免れぬ」

志賀一蔵が哀れむような目で寺沢兵庫頭の上屋敷を見た。

「いかがなさいまする」

弦ノ丞が太刀の柄《つか》に右手を置いた。

「なにもせぬ」

「…………」

志賀一蔵の言葉に、弦ノ丞が唖《あ》然《ぜん》とした。

「加勢はしないと」

「……加勢、どちらにする気だ」

冷たい声で志賀一蔵が問うた。

「それは……」

言われて弦ノ丞は詰まった。

「……襲撃された寺沢家に」

「頼まれてもおらぬのにか」

志賀一蔵が淡々と言った。

「義を見てせざるは勇なきなりでございましょう」

若い弦ノ丞は反論した。

「それで主家を危うくするか。どのような事情があるかさえわかっていない闘争に、勝手に手出しをする。それがどれだけ主家に迷惑をかけるかわかっておらぬ」

「…………」

「御上、幕府は喧嘩両成敗を旨となさっておられる。戦いで負けそうなほうに与《くみ》した、卑怯《ひきょう》な不意討ちを受けた側に同情した。そんな事情など御上は聞いてもくださらぬわ」

低いながら、志賀一蔵の声には怒気がこめられている。

「……浅慮でございました」

主家を潰す気かと叱られた弦ノ丞はうなだれた。

「これ以上、ここにいても無駄だな。松倉と寺沢になにがあったかは、松浦に関係ない」

志賀一蔵が帰るぞと踵《きびす》を返そうとした。

「そいつは、あんまりつれないいんじゃねえか」

すっと辻陰《つじかげ》から、相生が出てきた。

「町方与力どの」

「やっぱり気づいていたか。驚いてもくれねえとはな」

相生が志賀一蔵の反応に不満を見せた。

「このようなところで、わたくしどもになにか御用でも」

志賀一蔵が問うた。

「あそこで騒動が起こっているだろう」

相生が寺沢兵庫頭の上屋敷を指さした。

「はて、存じませんが」

ちらと目をやって、志賀一蔵が興味なさそうに首を左右に振った。

「ふざけるな。松島町からここまでずっと松倉家臣の後を付けてきただろうが」

相生が怒鳴った。

「よくご存じでございますな」

志賀一蔵が驚いて見せた。

「ひょっとするとわたくしどもの後を……」

最後まで言わず、志賀一蔵が相生を見た。

「偶然だ、偶然」

相生が目をそらした。

「では、わたくしどもが御用のお手間を取らせてはいけませぬ。これにて失礼をいたしまするので、ご遠慮なく騒動の場へお出《い》でくださいませ。参るぞ、斎」

小腰をかがめて、志賀一蔵が相生の横を抜けようとした。

「旦那、あれを」

蓮吉が弦ノ丞たちの背後を指さした。

「なんだ」

「…………」

相生と志賀一蔵が蓮吉の示した方向を見た。

血しぶきをあげながら、一人の藩士が門から出てきて地に伏した。

「あの面……松倉の家中だな」

しっかり相生は覚えていた。

「おうりゃあ」

「このお」

争闘の場が屋敷のなかから外へと移って来た。

「思惑通りってやつだな」

相生がつぶやいた。

「…………」

志賀一蔵が相生の顔を見た。

「そんな不思議そうな顔をするねえ。忍びこんだやつが、表門を開け放つ。普通の盗人《ぬすっと》や刺客なら、絶対にしねえ。少しでも目立たないようにする。それが、最初に門を開けた。となると、話を大きくしたいとしか考えられないじゃねえか」

相生が語った。

「では、なぜ、介入なされぬ」

志賀一蔵が訊いた。

「大名同士の諍《いさか》いに、町方はかかわれねえからな」

「…………」

「そんな目で見るな。なんでここにいると言いたいのだろう。これでも町方だ。辻番の出てきた案件は、こちらの仕事につながる。去年のあれの調べだ」

感情のこもらない目つきの志賀一蔵に、相生が苦笑した。

「あれをどうなさる」

「見て見ぬ振りをしてやるのが、なによりなんだろうがなあ。人が死んでるのを見過ごすわけにもいかねえ」

問われた相生が、すでに事切れたのか動かなくなった松倉の藩士へ顔を向けた。

「南町奉行所である。鎮まれ、鎮まれ」

相生が大声を出した。

「……町方だと」

「しまった。見られたか」

争っていた連中が動きを止めた。

「狼藉者《ろうぜきもの》でござる。お力添えを」

寺沢藩士が相生に喧嘩ではない、無体な襲撃だと訴えた。両成敗を避けようとの叫びであった。

「松浦家の御家中どのではないか」

あの松倉藩士が、今気づいたとばかりに弦ノ丞に声をかけた。

「松浦だと」

一人の寺沢藩士が、弦ノ丞たちを見つめた。

「……先夜、松倉の前で争っていた男……」

「あのときの辻番どもか」

双方が相手を認識した。

「なにいい」

相生が驚愕《きようがく》した。

「あとで詳しく話してもらうぞ」

志賀一蔵に釘《くぎ》を刺して、相生が争っている松倉と寺沢、両家の藩士へ近づいた。

「刀を引け。お城側での争いは許されぬ。きつくお咎めを受けるぞ」

十手《じって》を出して、相生が威嚇した。

「我らにはもう後がない。今更、同じじゃ」

松倉藩士が相生を無視した。

「ちいい」

寺沢藩士も応じた。

もう狼藉者に応戦しているという言い訳は使えなくなった。

「者ども、あやつらを生かして返すな。皆殺しにしてしまえば、いくらでもごまかせる」

かつて弦ノ丞を脅した寺沢藩士が同僚たちに指示した。

「おう」

「承知」

自家の屋敷である。もとから数は寺沢家が多い。松倉の家臣と対峙《たいじ》している者たち以外の寺沢藩士たちが弦ノ丞たちへと向かってきた。

「御上に逆らう気か」

相生が慌てて十手を構えた。

「志賀どの」

どうすればいいかと弦ノ丞が尋ねた。

「このまま逃げてもいいが……」

志賀一蔵が嘆息した。

「町奉行所の役人を見捨てて逃げるのはまずい」

気に入らない相手でも御上の役人である。見殺しにしたとあれば、松浦家に傷が付く。いや、傷を負わされる。

「では……」

「降りかかる火の粉は払え。松浦の武を見せてやれ、斎。遠慮するな」

「承知」

弦ノ丞は太刀を手にした。

三

十手は太刀よりもはるかに短い。先がとがっているわけでもなく、刃がついているわけでもない。

太刀とやり合うには不十分に見えるが、そうではなかった。

鋳鉄で作られた棒に近い十手は固く、太刀に斬りつけられたていどでは、表面に傷が付くくらいで、決して折れたり曲がったりはしない。また、短いぶん取り回しが利く。

もともと刃物を振り回す相手に対抗するためのもので、独特の形状は太刀を一分にあしらえる。

「くらえっ」

「ふざけるな」

寺沢藩士からたたき付けられた一刀を相生が十手で受けた。丈夫さで負けた太刀の刃が欠け、火花が散った。

「おうりゃあ」

別の寺沢藩士が相生を横から襲った。

「ちぃい」

十手を押さえられている。相生はそちらへの対応ができなかった。

「させんわ」

そこへ弦ノ丞が割りこんだ。寺沢藩士の太刀を下から上へと弾《はじ》きとばした。

「くっ。邪魔をするか」

妨害を受けた寺沢藩士が、弦ノ丞へと切っ先を変えた。

「助かったぜ」

相生がほっと息をついた。

「さてと、御上に楯突《たてつ》いたんだ。代償は覚悟しているだろうな」

十手に力を入れた相生が押さえつけていた太刀を跳ね返した。

「きさまらを殺せばすむことだ。当家の前で、松倉と松浦の家臣が争い、止めに入った町方与力が巻きこまれた。証人さえいなければ、どうとでもなる」

指示を出した寺沢藩士が堂々と宣言した。

「おろかにもほどがある」

相生が襲いかかってくる藩士の相手をしながら、笑った。

「与力が一人で出歩くとでも思っているのか」

「……まさか」

「蓮吉、走れ。御成門の番士を呼んでこい」

「へ、へいっ」

離れたところで成り行きを見守っていた蓮吉が大きくうなずいた。

「行かせるな。沢田、そいつの相手は後でいい」

あわてて指示を出していた藩士の頭が命じた。

「……しかし、権藤《ごんどう》どの、こやつなかなか手強《てごわ》く」

「ええい、情けない」

戦わず状況を見ていた藩士の頭が弦ノ丞へと向かってきた。

「そやつの相手は儂《わし》がする」

「お願いをいたしまする」

沢田と権藤が入れ替わった。

「あのとき、仕留めておけばよかったわ」

権藤が太刀を青眼に構えた。

「なぜ、松倉を襲った」

弦ノ丞が疑問をぶつけた。

「言うわけなかろう」

「一人の恨みではなかろう」

「ふん」

鼻先で権藤が笑った。

「おめでたいことだ。家が潰れるかも知れぬというときに」

言いながら権藤が斬りつけてきた。

「どういう意味だ」

右肩から左脇腹への袈裟懸《けさが》けを、弦ノ丞は半歩下がることでかわした。

「島原で一揆が起こった。それも切支丹《キリシタン》によるものだ。幕府は切支丹を禁じている。伴天連《バテレン》を追放し、切支丹は転宗させた。はずであった。それが、万をこえる切支丹が蜂起した。これの意味がわかるか」

「……意味だと」

退《ひ》いたぶんつけこまれるのが戦いの常である。

「それすら気づいていないとは、松浦とはなんと甘い家よなあ」

権藤が嘲笑した。

「きさま……」

弦ノ丞が激した。

無礼討ちが許されるただ一つの条件は、主君あるいは主家が愚弄されたときだけとされている。

侍として見過ごすことのできない一言であった。

「一人前に、怒るくらいの頭はあるのだな。ならば、考えろ。幕府が禁じた切支丹の一揆、それも国を跨《また》いでの規模、叛乱《はんらん》ともいえる大がかりなものが起こった。これは幕府が舐《な》められたと同義、いや、今まで切支丹一揆はなかった。それが、今起こった。朱子《しゅし》学《がく》に従えば、天下人に徳なきとき、天下は乱れる。三代将軍家光には、天下人としての器量がないということになろう。それを知恵伊豆らが認めるか」

「………」

思わぬ壮大な話に弦ノ丞はついて行けなくなっていた。

「認めまい。知恵伊豆を始めとする阿部豊後、堀田加賀などの蛍大名は、家光さま大事で凝り固まっておるからな」

権藤が口の端をゆがめた。

「ではどうする。一揆の鎮圧、いや切支丹の根絶やしは当然おこなう。しかし、それだけでは、家光公への非難はなくならぬ。面と向かって将軍を批判、嘲弄する者はおらぬが、噂《うわさ》までは止められまい」

「家光さまに代わる者を作ると言うか」

「それくらいはわかるか。いや、見事だな」

馬鹿にしながら、権藤が下段から斬りあげてきた。

下段の一撃は間合いを取りにくい。下から伸び上がってくる切っ先は、思ったよりも届く。

「くうう」

下がるのではなく、太刀の柄を下に突きだして弦ノ丞は受けた。

「ちっ。これも防ぐか」

権藤が舌打ちした。

「その生《い》け贄《にえ》に、松倉が選ばれたとでも言いたいのか。それは当たり前であろう。一揆の原因を作ったのだぞ、松倉は」

受けられた瞬間、権藤は太刀を引いている。切っ先を止められたままでは攻撃へ移れなくなる。防がれた攻撃にこだわるのではなく、次にかける。これだけでも権藤の腕が知れた。

「松倉だけに押しつけるな」

聞こえていたのか、弦ノ丞とかかわりのあった松倉藩士が怒鳴った。

「当たり前だろう。松倉と寺沢は境を接している。島原の城に籠もった切支丹のなかには、寺沢領の者もいる。上様のお名前に傷を付けた切支丹一揆の責任を松平伊豆がどことどこへ押しつけるかとなったときのために動くのは当然だ」

権藤が弦ノ丞から目を離さず、言い返した。

「志賀どの」

弦ノ丞が叫んだ。松浦も危ないと気づいたのだ。

「わかっておるわ。なんとしてでも、ここを切り抜けるぞ」

志賀一蔵が太刀をかわしている敵へ攻勢に出た。

「やあああ」

弦ノ丞も太刀の切っ先を小さく跳ねて、攻めかかった。

「軽いわ」

権藤が弦ノ丞の一刀を軽々と受けた。

「ふん」

大上段に振りかぶって必殺の一撃を繰り出すのは容易《たやす》い。しかし、大技はどうしても準備に一挙動余分にかかるか、動きが大きくなる。それは攻撃の手数を少なくする。弦ノ丞は、一撃必殺よりも軽い一刀を数繰り出すことで、相手の体勢を崩しにかかった。

「はっ、やっ、とう」

受けられては、太刀を返し、ふたたび繰り出す。

「こうるさいまねを」

そのすべてを受け流していた権藤が苛立《いらだ》った。

「くらえっ」

辛抱できなくなった権藤が、弦ノ丞の一撃を弾いた勢いをかって、大きく踏みこんだ。大上段へと太刀を掲げた。

「やっとか」

軽い一撃は弾かれるのを前提にしている。弦ノ丞は体勢を崩さず腰を落とし、膝から出るようにして権藤へ近づき、胴を薙《な》いだ。

「……えっ」

肝臓を割かれた権藤の力が抜けた。

「ば、馬鹿な」

驚いた目を弦ノ丞へ向けて、権藤が地に伏した。

「組頭《くみがしら》……」

権藤が倒されたのを見た配下の寺沢藩士が動揺した。

「おうりゃあ」

その隙を志賀一蔵が見逃さず、突きを放った。

「ぐへっ」

喉を貫《つらぬ》かれた寺沢藩士が絶息した。

「与力どの」

「わかってるさ。この野郎」

志賀一蔵に声をかけられた相生が、十手で太刀をさばいた。

「蓮吉の野郎、なにをしてやがる。遅い」

相生が配下を罵った。

「こんな夜更けに小者一人が駆けこんでも、門番士は動きませせぬぞ」

志賀一蔵が相生の加勢に駆けつけた。

「ちっ。お高いお旗本さまか」

内廓の門は、書院番士が警衛していた。書院番は小姓番と並んで両番と言われるほどの名誉ある役で、名門旗本でなければ就くことができなかった。

「斎」

「おう」

志賀一蔵と合わせて、弦ノ丞が相生の相手をしていた寺沢藩士へ刀をつけた。

「卑怯な。三対一とは……」

寺沢藩士が臆した。

「今さら、寝言を抜かすな」

相生が十手を振り上げた。

「ひっ」

同僚二人が討たれたうえに数で圧倒されては、士気など保てるはずもない。寺沢藩士が逃げ出した。

「今でござる」

「おう」

志賀一蔵に促された相生が背を向けた。

「逃がすな」

加勢に出てきた寺沢藩士たちが追ってきた。

「御門番の衆、南町奉行所与力相生拓馬と申す。胡乱《うろん》な者が近づいておりますぞ」

「退け、退け」

角を曲がった相生が大声を出したため、寺沢藩士たちが追撃をあきらめた。

「胡乱な者が、御門内に」

「では、この小者が申しておったのは、まことであったか」

書院番士たちが、顔色を変えた。

「旦那ああ」

手を摑《つか》まれて留め置かれていた蓮吉が情けない声をあげた。

「その者は、拙者の従者でござる」

「すまぬことをした。おい、離してやれ」

書院番士が配下の同心に命じた。

「御門警衛が任ゆえ、この場を離れるわけにはいかぬ。なにより、御門を破られては、我ら一同切腹してお詫《わ》びせねばならなくなる。人は出せぬ」

手助けはできぬと書院番士が首を横に振った。

「なっ……」

「控えろ、斎」

抗議の声をあげかけた弦ノ丞を志賀一蔵が抑えた。

「承知いたしましてございまする」

弦ノ丞たちへのもの言いとは、打って変わってていねいな口調で相生がうなずいた。

「ただ、存じおいていただければ結構でござる」

相生が、後日の証人になってくれればいいと番士たちに求めた。

「覚えておこう」

書院番士が応じた。

「さて、出よう」

話は終わったと相生が、一同をうながした。

町方与力とはいえ、役人には違いない。相生が付いていたおかげで、弦ノ丞と志賀一蔵も誰何《すいか》されることさえなく、御成門を出られた。

「……助かったぜ」

少し離れたところで、相生が頭を下げた。

「打算でしただけでございますれば」

礼を言われるほどのことではないと、志賀一蔵が手を左右に振った。

「いや、命を救われたのだ。これを恩に感じないようじゃ、人とは言えねえ」

いつものしゃべり方に戻った相生が、首を横に振った。

「かならず、この恩は返す。今は借りにしておいてくれ」

相生が真剣な顔で言った。

「そこまで言われるならば、貸しておきましょう」

志賀一蔵がうなずいた。

「恩は恩。役目は役目だ。どういういきさつか、最初から語ってもらう」

鋭い目つきで、相生が要求した。

「こんなところで立ち話をする刻限でもございません。かといって大番屋へ向かうわけにも参りませぬ」

大番屋へ藩士が連れて行かれたなどとの噂が立つのはまずい。藩士が大番屋へ連行されるのは、町方役人の目の前で犯罪をしたときだけで、松浦家の面目にかかわる。

「よろしければ、当家で少しお休みをいただければと」

相生は直臣《じきしん》である。藩主公と同格に扱わなければならない。正式な訪問となれば、表門を開けたり、用人以上が出迎えなければならなかったりなどの手続きが要る。それを休息とすることで、志賀一蔵はうやむやなものにした。

「そうさせてもらおう。喉が渇いた」

相生が同意した。

四

事情が事情である。松浦家江戸家老滝川大膳も相生を迎え入れることへ異は唱えなかった。

「夜分に邪魔するぜ」

表御殿の客間へ通された相生が、上座へ腰を下ろした。

「おかまいできませんが……」

すでに台所役人などは帰ってしまっている。酒も食べものも出せないと滝川大膳が告げた。

「白湯《さゆ》だけでもありがてえ」

相生が湯飲みを持ちあげた。

「命がけの勝負が、ここまで緊張するものだとは思わなかったぜ。喉が貼りつきそうだ」

うまそうに相生が白湯を喫した。

「志賀」

相生が休息している間に報告をと滝川大膳が求めた。

「はっ。今夜……」

志賀一蔵が経緯《いきさつ》を語った。

「家が潰れる……そう申したか。寺沢家の者が」

聞き終わった滝川大膳が腕を組んだ。

「どういうことでございましょう」

志賀一蔵が訊いた。

「…………」

ちらと滝川大膳が相生を見た。

「なにも聞いてはいねえよ」

相生がそっぽを向いた。

「上様のご威光を守るため、上様の代になってから切支丹の叛乱が起こったというのを変えるため、松平伊豆守さまらが、身代わりを作られるだろうとのことだ」

「身代わり……」

「そうよ。切支丹が幕府に不満を持って一揆を起こしたのではなく、松倉が圧政によってのものとする。責任を松倉へ押しつける形じゃな」

「それは当たり前のことでございましょう。一揆は領主の政が原因で起こるもの」

滝川大膳の言葉に、志賀一蔵が言った。

「百姓一揆ならばそれですむ。しかし、島原は違う。表に出ている首謀者は、切支丹の信者をまとめる天草四郎とかいう男で、一揆勢も切支丹の旗を掲げておる。これは切支丹一揆じゃ。切支丹を禁教とし、信者を無理矢理転宗させているのは、大名ではなく幕府であろう。となれば、その責は幕府へ向かうことになる」

「幕府が主体では困るのでございますな」

志賀一蔵が理解した。

「そう寺沢家では読んだのだろう。寺沢と松倉は隣同士。今回の一揆には四万近い者が加わったという。松倉の領内だけでそれだけの数は集まるまい。まちがいなく近隣の諸大名の領地からも一揆に人は出ている」

「はい」

滝川大膳の意見を志賀一蔵も認めた。

松倉島原藩は米の取れ高が少ないため、表高の割に人口は少ない。武家も百姓もすべて合わせて、三万人には届かない。四万石少しの松倉では、どう集めても二万人がよいところである。それに領内全部が一揆に加わったわけではない。村を挙げて原城へ入ったところもあるが、誰一人として参加していない村もある。

「松平伊豆守さまは、これを機に切支丹を撲滅されるおつもりであろう」

「それはわかりまする」

これだけ大きな被害を出した一揆が、何度も起こっては幕府の威光を保つのは難しい。すべての忠義を捧《ささ》げている家光の名前を守るためにも、二度と戦を起こさせてはいけない。そう松平伊豆守は考えているはずであった。

「禁じたにもかかわらず、切支丹は生き残っている。いや、あれだけの数がまだいた。これは御上にとって大いなる衝撃であったろう」

滝川大膳が続けた。

「さて、松平伊豆守さまはどうお考えになられようか」

「どうお考えに……松倉家の圧政が原因だとは……」

「思わねえだろうなあ」

問うた滝川大膳に答えた志賀一蔵へ、相生が被《かぶ》せた。

「……どういうことでござる」

志賀一蔵が相生へ顔を向けた。

「圧政なんぞ、どこでもある。一揆も小規模なものはあちこちでやっている。だが、切支丹の一揆は今回が初だ」

「…………」

語り出した相生を滝川大膳は黙って見守った。

「たしかに九州はもともと切支丹の多い土地だ。とはいえ、四万からの一揆はまずいわな」

一度相生が言葉を切った。

「ご執政さまは、おそらくこうお考えになろう。どうして、今回は切支丹がこんなに出てきたのか。それは、この地を治めていた領主どもが、切支丹の弾圧に手を抜いてきたからだ。やはり切支丹の多かった豊後や長州で一揆が起こっていないのが、その証拠だ。今回の一揆に加わった切支丹が住んでいた土地を領していた大名こそ原因ではないかとな。いや、大名も隠れ切支丹と考えているかも知れねえ。もっとうがった見方をすれば……」

　さすがに最後までは言えない。相生が濁した。

「畏れ入りましてござる」

　滝川大膳が頭を傾け、相生の意見に同意を示した。

「あの……」

　最後がわからないと弦ノ丞が手をあげた。

「若いな」

「申しわけございませぬ」

　相生があきれ、滝川大膳が詫びた。

「素直は美徳じゃねえと覚えておけ。まあ、わからないまま流すよりはましか」

「……はい」

　叱られた弦ノ丞が、相生へ頭《こうべ》を垂れた。

「教えてやれよ。町方とはいえ、さすがに御上役人が執政衆の悪口はつごうが悪い」

　相生が滝川大膳を促した。

「……松平伊豆守さまが、九州の諸大名を切支丹だとして弾劾なさる」

「そのようなこと……殿は切支丹ではございませぬ。臨済宗妙心寺《りんざいしゅうみょうしんじ》派でございましょう」

滝川大膳の答えに、弦ノ丞が反論した。

「ここで怒鳴っても、松平伊豆守さまには聞こえねえぞ」

相生が弦ノ丞を宥《なだ》めた。

「すみませぬ」

騒いだことを弦ノ丞が恥じた。

「感情のままに動けるのも、若いうちだけだからな」

笑いながら相生が許した。

「弦ノ丞……」

「ああ、いい。もう面倒だから、おいらが話す」

言いかけた滝川大膳を相生が制した。

「おめえの殿さまが、何宗であろうとも、そんなのはどうでもいいんだよ」

「……えっ」

弦ノ丞が間抜けな顔をした。

「御上が切支丹だと断定すれば、そこまで」

「濡れ衣を着せる……」

顔色を蒼白《そうはく》にした弦ノ丞が口にした。

「脱げやしねえから、濡れ衣より質《たち》が悪い」

相生が開き直った。

「まあ、そこまではなさらねえと思うがな。さすがに土井大炊頭さまや酒井讃岐守さまがお許しにはならねえだろう」

「……讃岐守さまがおられた」

土井大炊頭は知らないが、酒井讃岐守とは直接顔を合わしている。弦ノ丞け期待をした。

「………」

なんとも言えない顔で相生が弦ノ丞を見た。

「だが、酒井讃岐守さまでも、一揆の原因となった家をかばってはくださらぬぞ。そんなまねをすれば、天下の秩序は崩れる」

滝川大膳が釘を刺した。

「信賞必罰でございますな」

志賀一蔵が口を挟んだ。

「政の基本だが……今の御上は必罰だけになりつつある」

苦く滝川大膳が頬をゆがめた。

「それを寺沢家は怖れた」

「だろうな。一揆に加わった切支丹のほとんどは松倉領の者だろうが、少なくない人数が寺沢領からも出ている。御上からのお咎めは免れぬ。しかし、軽くすることはできる。他人に責任のほとんどを押しつけてしまえばいい。松倉家に御上の目が集まれば集まるほど、寺沢家の気配は薄くなる」

滝川大膳が説明をした。

「そのために松倉家を襲ったのが、昨年の……」

「だろうな」

確かめるように言った弦ノ丞に、志賀一蔵がうなずいた。

「では、最初から松倉は寺沢だと知っていた。だからこそ、手出しをするなと忠告した」

「当家は、島原からかなり離れるからの。当家に累《るい》を及ぼすには、間にある大名全部を巻きこむことになる。その面倒たるや相当なものだ。だから、最初はかかわらせたくなかった。かかわる大名が増えるほど、松倉への風当たりは強くなるからの、だが……」

滝川大膳が嘆息した。

「松平伊豆守さまが、和蘭陀《オランダ》の力を使おうと平戸へ来てしまった。これで松浦と島原の一揆が繋《つな》がった」

「それだけじゃ、ちいと薄すぎるんじゃねえか」

相生が滝川大膳に甘いと告げた。

「他になにが……」

「松平伊豆守さまが来ただけで、寺沢が松浦を巻きこもうなんぞ考えるけえ。おそらく、松浦へ飛び火をさせるだけのものがあったはずだ」

じろりと相生が滝川大膳を睨《にら》んだ。

「参りました」

滝川大膳が頭をさげた。

「殿より、お報《しら》せがございました。松平伊豆守さまの求めで城中をご案内したところ、武器蔵、兵糧蔵を見られたと」

「相当、貯《た》めこんでたということか」

「……はい」

滝川大膳が首を縦に振った。

「その視察が漏れたんじゃねえか。松浦に松平伊豆守さまが目を付けたと」

「どこから……」

相生に言われた滝川大膳が目を剝《む》いた。

「松平伊豆守さまの随行か、松浦の家中か、そこまではわからねえがな」

「当家の者が、お家の事情を売るなど……」

弦ノ丞が言いかけて止《や》めた。

「早速、成長したじゃねえか」

おもしろそうに相生が笑った。

「…………」

難しい顔を滝川大膳がした。

「御家老さま」

志賀一蔵がどうしたのかと問うた。

「家中の誰が外へ漏らしたかを探すのも重要だがな、それ以上にどうやって、松平伊豆守さまの手に対抗するかを考えねばならぬ」

滝川大膳が苦渋に満ちた顔をした。

「寺沢家への対応は」

弦ノ丞が尋ねた。松浦家の者と知っていながら斬りかかってきた。黙っているわけにはいかない。

「放置でよい」

「えっ」

無視していいと答えた滝川大膳に、弦ノ丞が唖然となった。

「寺沢は、松倉だけでなく当家を巻きこんで罪を分担させようとしておりまするが」

弦ノ丞が食い下がった。

「心配するねえ。今ごろ、松浦家をどうするかどころじゃねえだろうよ」

代わって相生が告げた。

「町方与力とはいえ、御上の役人を口封じしようとしたんだ。表沙汰になってみろ。今回の一揆にかかわりなく、寺沢は潰される」

相生が断言した。

身分軽い者であろうとも、相生が背負っているのは幕府の威光である。寺沢家はその威光を消そうとした。これは謀叛《むほん》と同じであった。

「どうして参りましょう」

滝川大膳が寺沢家の対応を質問した。

「おいらが動けないように押さえ込みにかかってくるだろうな」

「それは……」

「町奉行さまに金を積み、おいらの訴えを取りあげないようにして、その後、こちらに人を出してくるだろうよ。もちろん、金を持ってな」

具体的にどうしてくるかという問いに、相生が述べた。

「受け取られる」

「ああ。金は欲しいでな」

あっさりと相生が認めた。

「金など……」

非難しかけた弦ノ丞は、相生の冷たい目に気づき黙った。

「金がなければ、米も買えぬ。人も雇えぬ。金は大事だ。武士は食わねど高楊枝《たかようじ》なんぞ、坊主の寝言だ」

相生が厳しい口調で言った。

「殺されかけたのを金で解決すると」

「当たり前だろう。町方には大名を裁く権はない。結局のところ、おいらは大目付《おおめつけ》に寺沢のしたことを報告するだけになる。とどのつまり、寺沢を罪に落とし手柄をたてるのは、大目付でおいらじゃねえ。赤の他人に手柄を持って行かれて、こっちにはなにもなしなんぞ、勘弁だ」

より言葉をくだけさせて、相生が続けた。

「それにな、寺沢が潰れようが出世しようが、こっちはどうでもいい。寺沢のしたことを大目付へ訴えたところで、こっちの腹いせでしかねえだろう。だったら、実利を取るべきだ」

堂々と相生が金をもらうと宣した。

「もちろん、相応の詫び金を寄こさねえなら、寺沢を訴えてやるがな」

「………」

命を惜しまず戦って禄《ろく》を得たのが武士である。後先のことを考えているようでは、戦場働きなどおぼつかない。対して金は、後先を考えて稼ぎ、遣うもの、刹那《せつな》を旨とする武家とは合わない。そこから武家は金を卑しいものとして遠ざけていた。

「不満そうだな」

沈黙している弦ノ丞へ、相生が話しかけた。

「……いえ」

「顔に書いてあるぜ」

否定した弦ノ丞へ相生が迫った。

町方役人は町民と触れあうのが仕事である。そのため、どうしても武家よりも町民に近い感覚になる。

「斎、控えよ」

滝川大膳が叱った。

「我らが藩を守ろうとしているのも同じである。寺沢家を訴え出たところで、当家にはなんの得もない。どころか、どうしてそのようなことになったと根掘り葉掘り調べられることになる。下手をすれば、火のない所に煙は立たぬと大目付さまよりのお疑いを受けかねぬ」

「では、当家も寺沢へはなにもしないと」

「うむ」

重く滝川大膳が首肯した。

「襲われた身としては不満であろうが、お家の為《ため》じゃ。辛抱せい。よいな、志賀、斎」

「はっ」

「……わかりましてございまする」

江戸家老の決定に逆らうわけにはいかない。志賀一蔵も弦ノ丞も引いた。

「金ぐらい要求してはどうだ」

「無理でございまする」

相生の意見に滝川大膳が首を振った。

「ご貴殿への金は、寺沢が進んで出すもの。こちらは寺沢から脅し取るもの。もし、寺沢が開き直ったときに……」

「松浦から金を寄こせと言われたと大目付に報告されてはまずいな」

すぐに相生が理解した。

「酒井讃岐守さまへのご報告は」

「しなきゃなんめえ。おいらの名前は出すなよ。雲上人に名前を知られてろくなことはねえからな」

「承知いたしましてございまする」

相生の願いを滝川大膳が受けた。

「さて、事情もわかった。おいらはこれで帰るとしよう」

相生が腰をあげた。

「お見送りを」

滝川大膳が続こうとした。

「要らねえよ。そこの若いの、おめえだけでいいや」

江戸家老の見送りを断って、相生が弦ノ丞を指名した。

「御家老さま……」

「丁重にな」

許可を求めた弦ノ丞に滝川大膳が首を縦に振った。

「…………」

さすがに表門を開けるわけにはいかない。相生は辻番所を出入り口にして、屋敷の外へ出た。

「じゃあな」

小さく手を上げて、相生が別れを告げた。

「お気を付けて」

辻番所を出たところまで弦ノ丞が見送った。

「若いの」

「斎でございまする」

弦ノ丞が訂正を要求した。

「……斎」

「はい」

呼びなおされた弦ノ丞が姿勢を正した。

「気を付けておけ」

「……参りますか」

「来る。かならずな。松倉はもう終わった。藩主はまず無事ではすむまい。お家は改易だ。残るは家名を復興できるかだけ。そうなると馬鹿なまねはできやしねえし、恨みも辛《つら》みもねえ松浦に手出しなんぞしたら、お家存続の望みが絶たれるからな」

「では、寺沢が」

「やけになるとしたら、あっちだろう。松浦は訴えない、おいらの口は金で塞げる。だが、松倉は黙っちゃいねえ。端から松倉にすべてをおっかぶせるつもりで来られたんだ。寺沢が無事だなんぞ、我慢できまいからな。寺沢を挑発するくらいするだろうよ」

「わかりまする」

武士にとって主家は命よりも大切なものであった。主家がある限り、代々の禄は保証され、子々孫々まで生きていける。だが、主家が潰れれば、藩士は牢人《ろうにん》となり、禄を失う。だけではない、武士という身分さえもなくなる。

「辻番をできれば増やしておくか、万一のときの増援を考えておきな」

「ご助言かたじけのうございまする」

相生の忠告に、弦ノ丞は深く感謝した。

「……今日の借りはかならず返す。命を救われた恩は忘れぬ」

少し歩いたところで、相生が足を止めた。

「お願いをいたしまする」

命の礼を言われたのだ。たいしたことではないとか、気にしないでいいとか、軽々に応えるものではないと弦ノ丞は判断した。

「じゃあな」

今度こそ、相生が去った。

五

翌日、滝川大膳は弦ノ丞を供に酒井讃岐守のもとへと伺候した。

「……そういうことだったか」

報告を受けた酒井讃岐守が嘆息した。

「寺沢の危惧は理解できるが、あまりにお粗末なまねをしたな」

「…………」

同意を求められているわけではない。滝川大膳も弦ノ丞も沈黙を守った。

「大儀であった。下がってよい」

老中は屋敷に帰ってからも多忙である。用はすんだと、酒井讃岐守が手を振った。

「畏れ入りまするが、当家をお守りいただけましょうや」

命じられたことはした。褒賞をくれと滝川大膳が遠回しに言った。

「わかっておる。一度、松浦家に累が及ばぬようにしてやる」

一度と回数を限定して、酒井讃岐守がうなずいた。

「かたじけのうございまする」

「…………」

滝川大膳と弦ノ丞が平伏した。

「わかっておろうが、あまり武器や兵糧を持つな。次は余も伊豆の味方をすることになる」

「主人に讃岐守さまのご指示を申し伝えまする」

脅しに滝川大膳が身体《からだ》を震わせた。

「もう来るな」

「はっ」

縁はこれまでだと酒井讃岐守が宣言した。


三月の末、後始末を終えて江戸へ戻った松平伊豆守信綱はただちに登城、三代将軍家光へ戦勝を報告した。

「伊豆、大儀であった」

寵臣《ちょうしん》の凱旋に、家光は喜んだ。

「後の始末も任せる」

「台命《たいめい》、承りましてございまする」

松平伊豆守が平伏した。

御用部屋は将軍の居室御座の間に隣接していた。これは政の報告、決裁をすばやく将軍に求めるためであった。

「お疲れでござった」

「よくぞ、ご無事で」

御用部屋に顔を出した松平伊豆守を、阿部豊後守と堀田加賀守が出迎えた。

「留守中、お世話をお掛けいたした」

己の分まで政務をこなしてくれた二人へ松平伊豆守が感謝を述べた。

「ご苦労であったな」

「上様もお喜びであったろう」

土井大炊頭と酒井讃岐守が、続けて松平伊豆守をねぎらった。

「ご命を果たせたと安堵《あんど》いたしておりまする」

先達《せんだつ》に対しての礼を松平伊豆守が返した。

「伊豆どのよ、切支丹どもはどうであった。手強かったかの」

堀田加賀守が身を乗り出した。

「いや、切支丹などものの数ではございませんな。たかが農民と牢人、心得のある武士とは違いまする。少し、食いものを絞っただけであっさりと倒せましてござる。これも上様のご威光が切支丹どものいう神よりも優《まさ》った証《あかし》でございましょう」

たいしたことではなかったと松平伊豆守が手を振った。

「さすがは伊豆どのじゃ。己の手柄を自慢せぬとは」

堀田加賀守が讃《たた》えた。

「…………」

土井大炊頭と酒井讃岐守、そして阿部豊後守が苦い顔をした。

「板倉内膳正のことを考えておらぬ」

「さよう。烏合《うごう》の衆《しゅう》相手に負けたと言われては板倉内膳正も浮かばれぬ」

土井大炊頭と酒井讃岐守が囁《ささや》き合った。

強敵を倒したといえば、己の武功を自慢することになる。これもあまり褒められたものではないが、手柄をわざと低くするのは、前任者を馬鹿にするのと同じ行為であった。あのていどの連中に勝てず、討ち死にした板倉内膳正は大名にふさわしくない。跡目相続に気を遣わずともよいと言っているも同じである。

「譜代の者を軽く見るのは、執政としてまずかろう」

年寄役の仕事だと、土井大炊頭が松平伊豆守を諫《いさ》めた。

「そのようなつもりはございませんでした。気を付けましょう。それよりもご一同」

あっさりと松平伊豆守が土井大炊頭の諫言《かんげん》を受け流した。

「…………」

土井大炊頭が鼻白んだ。

「このたびの一揆の罪、いかがいたしましょうぞ」

松平伊豆守が、一同に問いかけた。

「一揆に加わった者は死罪じゃな」

堀田加賀守が口にした。

「それはそうじゃ」

決まりごとだと黙っていた阿部豊後守も同意した。

「ああ、それは気にせずともよろしかろう。一揆勢はこちらに寝返った一人を除いて根絶やしにいたした。念のため、逃げ出した者がおらぬかどうか、九州の諸大名に厳しい詮索を命じてある」

松平伊豆守が、一揆勢については問題ないと伝えた。

「ぬかりなしか。畏れ入る」

堀田加賀守が感心した。

「問題は松倉などの大名ども」

「ふむうう」

「そうよなあ」

松平伊豆守の話に、阿部豊後守と堀田加賀守が思案に入った。

「これだけの騒動でござる。松倉長門守の罪は免れませぬ」

「たしかに」

「まさに」

続けた松平伊豆守に、一同が同意した。

「松倉家は改易、長門守はどこぞへお預け。女たちはおかまいなしで、男子だけ流罪にいたせばよかろう」

土井大炊頭が前例に従った判断を示した。

「妥当であろう」

酒井讃岐守が賛意を表した。

「他の大名たちはいかがいたしまする」

「……他の」

松平伊豆守の問いに、酒井讃岐守が首をかしげた。

「一揆は松倉領の島原で起こったのであろう」

土井大炊頭が確認した。

「場所は島原でございまするが、参加した者は松倉領だけでなく、寺沢兵庫頭の天草領、細川家の熊本からも出たようでござる」

松平伊豆守が述べた。

「そこまで手を伸ばすことはなかろう。今回の戦いは島原の原城でおこなわれたのだ」

「お言葉でございますが、一揆勢の数は三万七千余りに及んでおりまする。とても松倉領だけですんだとは思えませぬ」

「三万七千をこえるというのは、まことかの、伊豆守どの」

堀田加賀守が驚いた。

「死体を数えさせた。大筒で吹き飛んだり、崖下へ転落したなどで確認できないのもあるゆえ、正確だとは言えぬが、まずまちがいはなかろう」

松平伊豆守が保証した。

「となれば、松倉だけでは足りぬな」

阿部豊後守も眉をひそめた。

「伊豆守よ、一揆の者どもがどこの村から来たかはわかっておるのか」

「いいえ。死体でござれば」

酒井讃岐守の質問に、松平伊豆守が首を横に振った。

「それでは咎められぬぞ」

「なぜでございましょう」

無理だと告げた酒井讃岐守に、阿部豊後守が首をかしげた。

「一揆に人を出したかも知れぬで咎めていたら、それこそ九州すべての大名を対象とせねばなるまい」

「島津や細川、黒田などの外様を片付ける好機でございましょう」

「謀叛が起こるぞ」

淡々と言う松平伊豆守に、酒井讃岐守があきれた。

「それこそ、望むところでござる。今回の一揆で九州の大名どもの兵は大きく損じておりまする」

板倉内膳正の突撃に従った九州諸大名の兵は四万という損害を出している。

「神君家康さまさえ、征服できなかった島津を、家光さまが滅ぼされる。家光さまが神君家康公をこえられる」

「おおっ」

「なんともよろこばしい」

家光の名前が挙がるという松平伊豆守の言葉に、堀田加賀守と阿部豊後守が歓喜の声をあげた。

「無茶を言うな。幕府の命にしたがって兵を出し、兵力を損耗したところに、そんなまねをしてみろ。外様大名たちは幕府を、徳川家を信じなくなる。それこそ諸国で叛乱が起こるぞ。上様の御世《みよ》に傷を付ける気か」

「謀叛など平らげれば……」

「全国の外様を相手にどうするのだ。九州を攻めている背中を毛利が襲う。旗本が留守にしている江戸を伊達や上杉が狙う。これらが同時に起これば……」

「…………」

酒井讃岐守の叱責に、松平伊豆守が黙った。

「幕府を滅ぼした愚か者と上様を笑い者にする気か」

「軽率でございました」

土井大炊頭にも叱られた松平伊豆守が頭を下げた。

「上様のご威光で、一揆は鎮圧された。そして一揆は松倉の圧政が原因で起こった。これで今回は収めるべきであろう」

酒井讃岐守が締めくくった。

「まずは松倉の処分を決めましょうぞ」

土井大炊頭が先達として場を仕切った。

「そうでござるな。もっとも大きなところから始めるのが筋というものでござる」

酒井讃岐守が同意した。

「伊豆守どのよ、松倉長門守はどうした」

阿部豊後守が問うた。

「一応、謹慎を申しつけておきましてござる」

松平伊豆守が答えた。

「それは甘い。ただちに切腹を命じましょう」

堀田加賀守が発言した。

「それはまずかろう」

土井大炊頭が止めた。

「なぜでござる。罪は明らかでござろう。すばやく処罰することこそ、天下に御上の意思を見せつける機」

　堀田加賀守が抗弁した。

「いや、今回の騒動の原因を突き詰めねばならぬ。たしかに松倉のしたことは惨《むご》い。民どもが反発するのも無理はない。が、一大名の圧政に対する一揆にしては規模が大きすぎる。一揆の中心となった切支丹は独特の集まりを作っているとはいえ、それだけですませるわけにもいかぬ。二度とこういうことのないよう、しっかりと原因を究明しておかねばならぬ」

　酒井讃岐守が堀田加賀守を諭した。

「安心せい。今のところは預けとするが、松倉長門守は死なせる。上様のためにもな。たとえどのような事情が出てこようとも……」

　責任は松倉長門守に取らせると酒井讃岐守が断言した。

「ならば……」

　堀田加賀守が引いた。

「では、できるだけ早く松倉長門守を九州から離し、どこかの大名家に預け、厳しく取り調べるでよいな」

　松倉家の家臣が長門守の身柄を奪い返しに来るかも知れない。いや、恨み骨髄となった切支丹一揆の生き残りが松倉長門守を襲うこともあり得る。

島原どころか九州に松倉長門守を置いておくわけにはいかなかった。

「けっこうでござる」

「讃岐守さまのご意見どおりに」

老中たちがうなずいた。

第五章　届かぬ敵

一

松倉長門守勝家への裁決は当たり前のものとなった。

「所領を取りあげ、その身は森家預かりとする」

「かたじけなき仰せ」

上使《じょうし》に松倉長門守は、喜んで処分に従うと応じた。

再興の目はまだ残っている。幕府の命に逆らえば、その望みも潰《つい》える。松倉長門守は、家光のお気に入りであるとの自負を胸に、預け先へと赴いた。

松倉長門守を預けられた美作津山藩《みまさかつやまはん》十八万五千石の森大内記《だいないき》長継は、四年前に家督を継いだ三十歳に満たぬ大名である。森家は織田信長の家臣から豊臣秀吉へ仕え、関ケ原の前から徳川家に近づき、外様ながら重用されてきた。

関ケ原の合戦のおりは領地に籠もり、戦にはほとんど参加していないにもかかわらず、信濃川中島《しなのかわなかじま》十三万七千石から、美作へ加増移封されたことからも格別な家として扱われている様子がうかがえる。

これも松倉長門守を安堵《あんど》させた要因となった。森大内記は、外様ながら徳川家のお気に入りである。当然、幕府執政とのつきあいもある。松倉長門守が預けられている様子を老中たちへ伝えてくれる術《すべ》を持っている。大人しくしていれば、起死回生ができるかも知れないと松倉長門守は夢を抱《いだ》いた。

これだけの騒動を起こしたのだ。さすがに家がそのまま継続できるとは松倉長門守も思ってはいない。いや、島原に残されてはかえって困る。

領民のほとんどが松倉家の圧政に反発をしたのだ。今回の一揆《いっき》に参加しなかった者でも怒りはうちに秘めている。このまま松倉家が領主を続けるとなれば、今度こそすべての百姓が筵旗《むしろばた》をあげかねなかった。

「なんとかして家名だけでも」

跡取りがなくて潰された家は別だが、謀叛《むほん》以外の罪で改易となった大名のなかには、数年後に新規召し抱えという形で家名再興を許される者もいる。

関ケ原で徳川に敵対した家でも、いくつかが大名として返り咲いている。

松倉長門守には認められなくとも、子供たちが召し出されることはありえる。

「なんなりとお調べくださいませ。何一つ隠しごとはいたしませせぬ」

美作津山で松倉長門守は神妙な態度を取っていた。

その間にも幕府による処罰は始まっていた。

「寺沢兵庫頭から天草領を取りあげる。また、お許しあるまで出仕を差し止める」

天草から一揆へ加わった者が多かったことを幕府は咎《とが》めた。

「仰せに従いまする」

寺沢兵庫頭堅高《かたたか》も処分を甘んじて受けた。

十二万三千石のうち、四万石が天草領である。三分の一を失うのは痛いが、本領である唐津《からつ》は残る。寺沢家としては文句はなかった。

「松倉が四万石、天草が四万石では、いささか割が合わぬな」

処分に不満だったのは、松平伊豆守であった。

「老中たる吾《われ》が出馬、譜代大名が己の無茶とはいえ討ち死にしている。それで得たのが八万石では、少なすぎる。せめて十万石は捻出せねば、戦費の補償にもならん」

松平伊豆守が渋い顔をした。

「それに上様のお名前に傷を付けた松倉だけでことを終わらせるのは業腹でもある」

家光の名誉を守るには、これ以上の成果が要ると松平伊豆守が言った。

「松浦があるだろう。松浦の六万石を合わせれば、十四万石になる。さらに肥前の大名三つを片付ければ、天下の耳目も集まろう。上様のお怒りを示すにちょうど良いと思うがの」

松平伊豆守から松浦家の裕福さを教えられた堀田加賀守が述べた。

「なんの罪もない、島原にも兵を出した松浦家を咎めるのか」

堀田加賀守の提案に松平伊豆守がため息を吐《つ》いた。

「そんなまねをすれば、上様の名声にひびが入るぞ。名君は公明正大でなければならぬ」

松平伊豆守が堀田加賀守を諭した。

「……浅慮であった」

堀田加賀守が詫《わ》びた。

「ほう……」

その遣《や》り取《と》りを見ていた酒井讃岐守が目を大きくした。

「しゃにむに潰しにかかるかと思っていたが、島原での戦いで少しは成長したか」

酒井讃岐守が感心した。

「だが、このままにはせぬ」

ちらと酒井讃岐守を見た松平伊豆守が続けた。

「異国との交易に大名をかかわらせてはならぬ。余りに利が多すぎる。松浦家から和蘭陀《オランダ》商館を取りあげる」

「理由はどうする」

堀田加賀守が問うた。

「今回の一揆を利用する。切支丹の監視を強めるために、和蘭陀商館を御上《おかみ》の目の届くところに移し、厳しく管理いたすことになったと言えば、松浦も逆らえまい」

「なるほど。さすがは伊豆どのよ。これならば二度と切支丹一揆などおこるまい。上様もさぞ、お喜びになろう」

松平伊豆守の言い分に堀田加賀守が納得した。

「伊豆どのよ、それで通るか。和蘭陀商館をまずどこへ動かすと言うのだ。幕府が管理するとなれば、大坂に移すくらいしかなかろう。十分な準備もなしにできることではないぞ」

阿部豊後守が性急なまねはまずいだろうと制した。

「なぜ大坂なのだ」

逆に松平伊豆守が訊《き》いた。

「大坂ならば、城代があり、常駐している兵も数千からおる。一日の距離である紀州には御三家がある。後詰《ごづ》めの心配もない」

阿部豊後守が答えた。

「大坂はだめだ。京に近すぎる」

松平伊豆守が阿部豊後守の案を却下した。

「……では、どこを考えている」

否定された阿部豊後守が不機嫌な顔をした。

「長崎が良かろう」

「……長崎だと。長崎には葡萄牙《ポルトガル》がおるではないか」

阿部豊後守が驚いた。

「葡萄牙は追い出す。葡萄牙は切支丹《キリシタン》の布教をあきらめておらぬ。葡萄牙は百害あって一利なしだ」

松平伊豆守が切って捨てた。

長崎には、幕府が地元の町人に命じて作らせたポルトガル人の居留地である出島があった。オランダと違い、キリスト教と交易を分離しないポルトガルを幕府は警戒し、陸地ではなく、海上埋め立て地に隔離していた。出島と長崎の往来を一本の橋だけに制限することで、宣教師の市中侵入を防ごうと考えたのだ。

「そこまで言うには、理由があるのだろうな」

阿部豊後守が強い口調で松平伊豆守へ迫った。

「落ち着け、豊後」

松平伊豆守が阿部豊後守を宥《なだ》めた。

「…………」

阿部豊後守が引いた。

「今回の一揆、裏で葡萄牙と繋《つな》がっていた疑いがある」

「なっ、なんだと」

「まことか」

松平伊豆守の発言に、阿部豊後守と堀田加賀守が驚愕《きょうがく》した。

「…………」

酒井讃岐守と土井大炊頭《おおいのかみ》は黙って、松平伊豆守の言葉を待った。

「じつは、和蘭陀に声をかける前に、葡萄牙にも話を持ちかけた。謀叛の鎮圧に手を貸せとな」

「謀叛と言ったか」

土井大炊頭が松平伊豆守の使った表現に口の端をゆがめた。

「姑息《こそく》な」

酒井讃岐守は眉をひそめた。

「どうなった」

堀田加賀守が身を乗り出した。

「拒んだわ。他国の内情に手出しをするは、よろしくないと逃げおった。同じ切支丹を攻撃するのをためらったのだ」

松平伊豆守が憤った。

「謀叛と言うからじゃ」

「さよう。謀叛は国内の問題。暴動と言えば、動いたかも知れぬというに」

土井大炊頭と酒井讃岐守が小声で遣り取りした。

「わざと……」

「でござろうな。伊豆は、端《はな》から葡萄牙を罠《わな》にはめるつもりだったのでござろうよ」

酒井讃岐守の確認に、土井大炊頭が同意した。

「葡萄牙は御上の指示に従わぬ。ならば出ていってもらわねばなるまい。この日本に上様の命に逆らう者の居場所はない」

「そうじゃ」

「……だの」

松平伊豆守の断言に、堀田加賀守が賛成し、阿部豊後守も認めた。

「家光さまのお名前が出ると揃《そろ》うの。めだかか、あやつらは」

酒井讃岐守が苦笑いした。

「憎まれ役は、年寄りがせねばならぬ。でなくば、先代秀忠さまからお預かりした天下の政が落ちてしまう」

土井大炊頭も嘆息した。

「お先に」

土井大炊頭が酒井讃岐守に口火を切ると挨拶をした。

「お願いをいたす」

酒井讃岐守が敬意を表して、軽く頭をさげた。

「伊豆守よ。葡萄牙を放逐するのはいかがなものか。葡萄牙は生糸《きいと》を運んでくるのだぞ。それを失うことになる」

土井大炊頭が口を挟んだ。

「……これは執政筆頭の大炊頭さまのお言葉とも思えませぬ。生糸の輸入がなくなっても、秩序を守るが重要でございましょう。葡萄牙を残すことで、島原の一揆がまた繰り返されるやも知れませせぬ」

「生糸が入らなくなれば、民が困るではないか。戦ばかりでは天下は回らぬぞ」

綿や麻は国内でも製造しているが、生糸は清国《しんこく》からの輸入に頼るしかない。清国で生産された生糸は、そのほとんどがポルトガルの船で日本へ持ちこまれていた。

「生糸は清国がもとでござる。清国から直接買い付ければすみましょう。いや、葡萄牙の代わりを和蘭陀にさせればすみましょう」

土井大炊頭の危惧に松平伊豆守が反論した。

「和蘭陀と言ったかの」

出番だと酒井讃岐守が松平伊豆守に声をかけた。

「申しましたが、それがなにか」

松平伊豆守が、酒井讃岐守を見た。

「和蘭陀への褒賞はどうする気かの」

わざと穏やかな口調で、酒井讃岐守が問うた。

「……和蘭陀への褒賞。なんのことでございましょう」

わざとらしく松平伊豆守が首をかしげた。

「本当にわかっておらぬのか」

酒井讃岐守があきれた。

「………」

かすかに松平伊豆守が口を震わせた。

「どうやら本人に意味は通じているようだな」

「なんのことでございましょう」

「讃岐守どの」

安堵した酒井讃岐守に、堀田加賀守と阿部豊後守が怪訝《けげん》な顔をした。

「そちらはわからぬか……」

土井大炊頭が情けないと頭を抱えた。

「讃岐守どの、頼みまする」

「承知」

酒井讃岐守が土井大炊頭の求めにうなずいた。

「お二人で納得なさるのはお止《や》めいただきたい」

堀田加賀守が苛立《いらだ》った。

「伊豆守、自らの口で語れ。己の尻ぬぐいくらいはして見せよ」

酒井讃岐守が、松平伊豆守を指名した。

「…………」

松平伊豆守が苦く頰をゆがめた。

「上様のご信頼を捨てて、身を退《ひ》くならばよい。これからも執政でいたいのならば責は己で負え」

厳しく酒井讃岐守が松平伊豆守を叱りつけた。

「……上様のお役に立つのが、吾《わ》が望み」

松平伊豆守が顔をあげた。

「加賀、豊後。吾は一つ失策を犯した」

「なにをいうか、伊豆どの。おぬしは見事に賊どもを征伐したではないか」

堀田加賀守が松平伊豆守をかばった。

「……讃岐守さまのお話から察するに、和蘭陀の手を借りたことだな」

阿部豊後守が読み取った。

「……うむ。吾はなんとしてでも一揆を鎮圧しなければならぬと焦った。実戦が初めてというのもあった。なにより、板倉内膳正が出した犠牲より、少なく終わらさなければならぬと考えていた。普通の大名よりもできるところを見せねばならぬ。そう覚悟していた」

松平伊豆守が目を閉じた。

「蛍大名の悪名、やはり気にしておったのだな」

酒井讃岐守にだけ聞こえる小声で土井大炊頭が呟《つぶや》いた。

「……廃城となったはずの原城は、一揆軍によって修復され、陸からの攻城は難しい。数が増えたとはいえ、力攻めをすれば板倉内膳正の二の舞にしかならぬ」

松平伊豆守がため息を吐いた。

「陸攻めは悪手。ならば海から攻めるだけのこと。しかし、九州に幕府の水軍はござらぬ。松浦や五島は水軍を有しておりますが、大筒を積んだ軍船はござらぬ」

戦国のころ、織田信長は鉄甲船に大筒を積んでいた。

しかし、大坂の陣を経て、天下平安の世となった。すべての大名は徳川の家臣となり、戦うよりも従属を選んだ。

従属とは刃向かわぬことである。

戦国の世を生きていくために、準備していた兵、武器、戦力が、徳川への謀叛と受け止められてはまずい。

とくに大量の兵を好きなところへ動かし、陸上の兵を一方的に攻撃できる水軍は、脅威となる。

強力な兵器、精強な軍は、徳川家から疑いの目で見られる。ならばやってしまえとはいかなかった。天下に味方はいないのだ。どれほど強力な武器と堅固な城を誇ろうとも孤立無援では戦いにならない。

結果、疑いをまねかないようにしようとなり、天下の大名たちのもつ水軍は海上警固ていどのものに落ちていた。

「そこで万里の波濤《はとう》をこえ、襲い来る海賊どもを蹴散らすだけの軍備を持つ南蛮船を使おうと考えた」

「それだけではあるまい」

酒井讃岐守が指摘した。

「…………」

一瞬、松平伊豆守が頬を引きつらせた。

「……南蛮船から攻撃を受けることで、城中の切支丹たちを追い詰めようとも思っておりました」

松平伊豆守があきらめたかのように述べた。

「味方だと思った南蛮船が敵。たしかに城中の動揺は誘える。妙手でござろう」

堀田加賀守が問題はないだろうと言った。

「少し黙れ」

阿部豊後守が堀田加賀守を諫《いさ》めた。

「たしかに効果はでたろう」

「はい。一揆の士気は大きく下がり、内通すると言い出す者が出だしましてござる」

酒井讃岐守に松平伊豆守がうなずいた。

「ならば問題はございますまい。伊豆守のしたことは褒められるべき」

松平伊豆守を咎める酒井讃岐守へ堀田加賀守が反発した。

「加賀、控えろ」

阿部豊後守が強く制した。

「さきほどから、なんだ、豊後」

堀田加賀守が嚙《か》みついた。

「まだ気づかぬのか、おぬしは。伊豆守のしたことは、功よりも罪が重いのだぞ」

険しい声で阿部豊後守が堀田加賀守を叱った。

「………」

堀田加賀守が怪訝な表情をした。

「伊豆守、申せ」

酒井讃岐守がもう一度促した。

「……加賀よ。吾は禁じ手を使ってしまったのだ」

「禁じ手……」

絞り出すような松平伊豆守の後悔に堀田加賀守が息を呑《の》んだ。

「我が国のことに異国をかかわらせた。和蘭陀に大きな借りを作ってしまった。そして、鎖国により南蛮へ人をやることができぬ我が国から兵を出して、和蘭陀の危難を救うという返済はできぬ」

「そんなもの、無視すればよかろう」

堀田加賀守が借りなど踏み倒せばいいと口にした。

「この馬鹿を放り出せ、豊後」

我慢ならぬと酒井讃岐守が命じた。

「お鎮まりを。加賀、口をふさげ。もうなにも言うな」

「しかしだな……」

阿部豊後守にも堀田加賀守が言い返そうとした。

「加賀、気遣いはありがたいが、落ち着いてくれ」

「…………」

松平伊豆守にまで言われて、堀田加賀守が口をつぐんだ。

「もうしわけございませぬ」

堀田加賀守の態度を松平伊豆守が謝罪した。

「ふん」

鼻先で酒井讃岐守があしらった。

「仲良しでよいことだな。執政にはふさわしくないがの」

「…………」

皮肉を浴びせた酒井讃岐守に堀田加賀守が歯がみをした。

「伊豆、理解しているならばわかろう。どうやって借りを返すのだ。我が国の大名であれば、数千石ほど加増してやればいいていどの手柄である。が、あいては異国じゃ。領土を与えるわけには参らぬ」

他国に自国の土地を与える。これは亡国の一歩でしかない。酒井讃岐守が松平伊豆守を冷たい目で見た。

「和蘭陀商館に望みを訊き……」

「訊いてどうする。あちらが交易の全面解禁を求めてきたら認めるのか」

酒井讃岐守が追及した。

「それは……」

松平伊豆守が詰まった。

鎖国を宣し、キリスト教を禁じた今、オランダ、ポルトガル、清などの異国から来る船の数を幕府は制限している。その制限をなくせば、交易の量は膨大になり、我が国の財がオランダへ流れ出す。さらに行き交う人が増えれば、どうしても監視の目は行き届かなくなる。船員に偽装した宣教師の侵入も懸念された。

「訊くな。こちらから言い出せば、向こうは嵩《かさ》にかかってくる。恩を感じているならば、十分な褒賞をもぎ取ってやろうとな。それが国と国の関係だ。無償でなにかするようなお人好《ひとよ》しは滅ぶ。和蘭陀も南蛮で英吉利《エゲレス》、葡萄牙、西班牙《イスパニア》などと競い合って生き残ってきたのだ。したたかである」

「……はい」

松平伊豆守が目を閉じて反省の姿を見せた。

「どういたせば……」

阿部豊後守が問うた。

「なにもするな」

「……なにも」

酒井讃岐守の答えに、阿部豊後守が唖然《あぜん》とした。

「すでに手は打ってある」

「なんと」

「………」

告げた酒井讃岐守に阿部豊後守が驚愕し、松平伊豆守が絶句した。

「どのような手を……」

震えながら松平伊豆守が尋ねた。

「松浦にさせる」

「……松浦に」

さっと松平伊豆守が顔色を変えた。

「和蘭陀とのつきあいは、松浦がもっともよく知っておる。どのようにまとめるかは松浦に任せればいい。ただ、御上からは何一つ出さぬと釘《くぎ》をさせばいい」

「褒美はなしだと……」

信賞必罰に反するのではないかと、阿部豊後守が首をかしげた。

「御上は出さぬと申しただけぞ」

「松浦に負担させるおつもりか」

不満げであった松平伊豆守が身を乗り出した。

「多少は使わすくらいはせねばなるまいが、基本は松浦に出させる。あまり大名どもが裕福なのはよろしくない」

「まさに、まさに」

酒井讃岐守の言葉に松平伊豆守が吾が意を得たりと膝を叩《たた》いた。

「その代わり……」

「松浦を見逃してやれと」

「うむ。六万石ていどであれば、どこをどうしたところで御上に逆らえるものでもなし。これが島津あるいは、伊達だというならば、余も黙ってはおらぬがの」

確認する松平伊豆守へ、酒井讃岐守が述べた。

「ご説明を願いまする」

蚊帳《かや》の外に置かれた阿部豊後守が求めた。

「豊後どのよ。これは吾が見つけたことなのだが……」

オランダへ援軍を要望するため平戸へ出向いたときの話だと松平伊豆守が語った。

「それほど、交易は金になるのか」

阿部豊後守が目を剝《む》いた。

「うむ。今どきの大名で、あれほど裕福なところはあるまい」

松平伊豆守がうなずいた。

「裕福な外様など、上様にとって邪魔なだけであろう」

ずっと黙っていた堀田加賀守が口を開いた。

「だが、今回はしかたない。吾の尻ぬぐいをさせるのだ」

「松浦にはあまり派手にするなと釘は刺した」

松平伊豆守と酒井讃岐守が、松浦は咎めないと応じた。

「………」

口を強く結んで堀田加賀守が引いた。

「では、これでよいな」

土井大炊頭が解散を告げた。

二

老中は基本、一人一人で仕事をこなす。島原の一揆のように一人では扱いかねるときは合議をするが、それ以外は個別に案件を片付ける。

「上様のもとへ参る」

一揆の後始末にかんする話し合いを終え、各自の席へ戻った老中のなかから、堀田加賀守が立ちあがった。

「…………」

誰にというわけではなく告げられた言葉に、応じる者はいない。応じれば千が止まり、案件の処理が遅れるからだ。

誰の注目を浴びることなく、御用部屋を出た堀田加賀守はすぐ隣にある将軍御座《ござ》の間へと足を踏み入れた。

「加賀か、どうした」

将軍御座の間上段で暇そうにしていた家光が、寵臣《ちょうしん》に気づいた。

「上様におかれましては、ご機嫌麗しく、加賀守恐悦至極に存じまする」

御座の間下段中央で堀田加賀守が手を突いた。

「うむ。加賀守も息災のようでなによりじゃ」

家光が応じた。

「上様、他人払《ひとばら》いをお願いいたしまする」

「よかろう。者ども外せ」

さすがにもう閨御用《ねやごよう》を命じることはないが、寵臣の願いである。家光は小姓や小納戸たちへ手を振った。

「これでよかろう」

将軍の命に逆らう者はいない。すぐに御座の間は家光と堀田加賀守だけになった。

「近《ちこ》うよれ」

さらに家光は堀田加賀守を手元へ招いた。

「はっ」

堀田加賀守も礼法を無視して、家光の目の前へと進んだ。

「なにがあった」

家光の目が鋭いものになった。

「……おわかりに」

「何歳のときから、そなたを見ているると思っておる。躬《みども》に隠しごとなどできぬと思え」

「畏れ入りまする」

感動した瞳で堀田加賀守が家光を見上げた。

「言うてみい」

「はっ。先ほど凱旋《がいせん》いたしました松平伊豆守が……」

促された堀田加賀守が家光へ御用部屋での一部始終を語った。

「……ふむうう」

聞き終わった家光が唸《うな》った。

「爺《じい》どもが、そのようなことを伊豆へ申しおったか」

家光が不機嫌な声で言った。

土井大炊頭も酒井讃岐守も秀忠から家光へ付けられた扶育係のようなものであった。

「いつまでも……」

憤怒《ふんぬ》の表情で家光が拳を膝にたたき付けた。

家光にとって秀忠は憎悪の対象でしかなかった。

なにが原因だったかわからないが、秀忠はその正室お江与の方とともに、二男忠長を溺愛、次男家光を放置した。

家光が側室腹だとかならば、まだわかるが、家光も忠長も秀忠とお江与の方の間に生まれた同腹の兄弟であった。

生まれてすぐ、徳川家康の手で乳母《めのと》に預けられた家光と、我がもとで育てた忠長で差が出たとの説もあるが、いまだになぜ差異が出たのかはわかっていない。

しかし、感受性の豊かな子供時代に、露骨な差別を受けてきた家光が僻《ひが》みを強くしたのは当然のことであり、秀忠、お江与の方の自業自得であった。

家光は実母お江与の方の死に際し、枕元にも駆けつけず、その喪にも服さなかった。

さすがに先代の将軍でもある秀忠にはそこまで露骨なまねはしなかったが、心からの敬意などを捧《ささ》げたことはなかった。

そんな嫌悪している父から付けられた家臣と自らが引きあげた寵臣、どちらが大事かといえば、松平伊豆守らになる。

「そろそろ爺どもを退かせるか」

家光が堀田加賀守を見た。

「ですが、なにもなしに先代からの功臣を引退させるわけには参りませぬ」

堀田加賀守が首を横に振った。

「なぜじゃ。躬は将軍ぞ。天下人じゃ。躬が命じれば、大炊頭も讃岐守も切腹せねばならぬ。執政を辞めさせるていど、さほどのものではなかろうが」

家光が不思議そうな顔をした。

「今は、まずうございまする。九州での騒動が終わったばかり、天下はまだ揺れておりまする。切支丹以外にも世に不満を持っておる者はおりましょう」

「躬の治政に不満があるだと」

家光の機嫌がより悪くなった。

「上様、申しわけなき仕儀ながら、どのようによい治政でも、すべての民が満足することはございませぬ。皆、顔が違うように人は異なりまするゆえ」

「万別というやつか。ふん。文句があるならば、躬の天下から出ていけばよいものを」

説得する堀田加賀守に家光が吐き捨てた。

「鎖国の禁を解き、そういう者たちを南蛮に捨てるのもよろしいかと」

「名案じゃな。加賀、それを立案いたせ」

「はい」

思いつきを家光が認め、堀田加賀守が褒められてうれしそうに首肯した。

「で、躬の天下に不満を持つ者は、切支丹の他に誰がおる」

「改易された諸大名の家臣であった者たち」

「牢人《ろうにん》どもか……」

家光が口の端をゆがめた。

「主家を潰された恨みを牢人どもは抱《いだ》いておりまする。事実、今回の島原の一揆にもかなり多くの牢人が与《くみ》していたようでございまする」

「牢人など殺してしまえばよいではないか」

面倒くさそうに家光が言った。

「一々、牢人どもを討ち取るのは手間がかかりすぎまする」

「……ふん」

「なにより、牢人どもは一つではございませぬ。勝手勝手をいたしておりますだけに、しらみつぶしにはできませぬ」

「ならば放置しておけばよいだろう。どれほど高名な牢人でも一人ではなにもできまい」

家光が述べた。

「それを一つにするのが、天下の不穏でございまする」

「不穏か。執政二人を同時に辞めさせるのは天下に不穏を呼ぶか」

「…………」

確認する家光を、堀田加賀守が無言で認めた。

「どうすればよい、加賀」

家光が寵臣に問うた。

「まつりあげていただきたく」

すでに堀田加賀守のなかに案はあった。

「……まつりあげるだと」

意味がわからないと家光が首を傾けた。

「老中の上、左様でございますな、大老とでも仮にいたしましょうや。老中を指揮するだけの格をお与えになると仰せられれば、大炊頭どのも、讃岐守どのも喜びましょう」

「老中を指揮する権など与えては、より二人が増長しよう」

家光が眉をひそめた。

「一つ大老には条件をお付けいただければと思いまする」

「ほう、どのような条件だ」

ぐっと家光が身を乗り出した。

「非常の際に置かれると」

「なるほどの。非常の際か。その非常の際を決めるのは躬であるな」

「もちろんでございまする」

堀田加賀守が大きく首を上下させた。

「あと大老には常時登城を免ずるとしていただければ……」

「登城せねば、口出しもできぬか。わかった。時機を見てな」

家光が笑った。

「……それだけか、加賀」

「いえ、もう一つお願いがございまする」

堀田加賀守が家光の膝に手を置いた。

「なんでも申せ」

家光がその手を撫《な》でた。

「伊豆守に恥をかかせた酒井讃岐守どのとは別のもう一人に痛い目を見せたく」

「松浦だな」

すぐに家光が理解した。

「はい。松浦は和蘭陀を宥めることで伊豆へ貸しを作りました」

酒井讃岐守は、松浦が持っている財を見逃すことで貸しをなきものにしようとしているが、それを堀田加賀守は信じていなかった。

「いずれ伊豆は執政筆頭になりましょう。そのとき、執政筆頭に遠慮させる外様大名などあってはなりませぬ」

堀田加賀守が強く言った。

「うむ。任せる。そなたの思うがままにいたせ」

家光が堀田加賀守の手を握りしめた。

「一つ、教えておこう。酒井讃岐守から躬への上申で他言無用とのことであったが、伊豆を虐げるならば、それを認めるわけにはいかぬ」

「なんでございましょう」

堀田加賀守が家光へ身体《からだ》を寄せた。

「寺沢と松倉が江戸で争い、それに松浦がかかわっておるという。その文箱《ふばこ》のなかに、上申の書が入っておる。持っていくがいい」

家光が許した。

「ありがたく」

深く感謝して堀田加賀守が御前を下がった。

「いささか加賀は甘い。まあ、加賀で届かなんだときは、伊豆がどうにかするであろう。伊豆はしつこい。そして豊後は固い、策を弄せぬ。こういったときは、伊豆がよい」

稚児のころから愛《め》でてきた家臣のことを、家光はよく見ていた。

喉元過ぎれば熱さを忘れる。

その日暮らしの町民にとって、幕府軍と一揆勢合わせて八万をこえる死傷者が出た大騒動も、遠い異国の話でしかない。

夏に入るころには、誰もが島原の一揆を話題にしなくなっていた。

「天草だけですんだのは僥倖《ぎようこう》であるか」

「しかし、殿の落胆はすさまじい」

寺沢兵庫頭の上屋敷で重臣たちが会話をしていた。

「四万石は大きい。藩士の三人に一人は放逐せねばなりませぬな」

用人が息を吐いた。

「三人に一人はきついの。江戸屋敷からも二十ほどは出さねばならぬ」

組頭《くみがしら》が腕を組んだ。

「誰を選ぶかだが……各々の事情を勘案してやらねば」

「事情などどうでもよい」

江戸家老が淡々と言った。

「ご家老さま」

言った江戸家老に一同が注目した。

「好機である。三人に一人などと言わず、二人放逐すべきである」

「なにを言われる」

「無茶なことを」

用人と組頭が顔色を変えた。

「当家は大きな痛手を受けた。天草領を失っただけでなく、御上に睨《にら》まれた。これよりさき、どのような無理難題を押しつけられるかわからぬ」

「お手伝い普請でござるか」

用人が繰り返した。

「そうだ。御上から外様大名に命じられる江戸城の修復、増上寺の改築など、金と人を大名から奪うための役。まちがいなく、当家にはその厄が押しつけられよう」

「それは……」

江戸家老の説に組頭が詰まった。

「そのときになってから、金を手配していたのでは間に合わぬ。先もって準備しておくべきである。それくらいはわかるな」

藩の重臣連中を江戸家老が睨んだ。

「わかりまするが……」

「あまりに乱暴でございませぬか」

用人と組頭が反発した。

「そうか、残念だが、殿にそなたたちの放逐をお願いせねばならぬとは」

わざとらしく、江戸家老が首を左右に振った。

「なっ」

「我らを放逐すると。寺沢家ができたときからの譜代である我らを」

二人が目を剝いた。

「藩の将来を考えられぬ者になんの価値がある。せいぜい、藩の財政を楽にするための役に立つしかなかろう。それにそなたたちは、千石以上の禄《ろく》を食《は》んでおる。そなたたち二人で、軽輩何十人分にもなるであろう。他の者が助かるぞ」

江戸家老が語った。

「…………」

用人が絶句した。

「ならば貴殿が辞められればいい。ご家老どのは二千石、我ら二人を合わせただけをいただいておられよう」

組頭が言い返した。

「儂《わし》は一門じゃ。一門は藩の礎《いしずえ》。礎を失うわけには参らぬ。礎石を失った家は潰れるからの。もちろん、石高は減じるぞ。五百石ほどはお返ししようほどに」

「勝手な……」

江戸家老の言い分に組頭が憤った。

「もう、殿のご承諾はいただいておる。儂が五百石をお返しするお許しをな」

放逐はされないと江戸家老が告げた。

「むうう」

藩主の決定は絶対である。組頭が無念そうにうなり声をあげた。

「これから寺沢家は苦難の日々を迎える。家名を保つのが精一杯になるだろう。その困難を乗りこえるには、非情の措置が求められる。泣いて馬謖《ばしょく》を斬る。それができる者こそ、今の寺沢家に要る」

大義名分とも言えない逃げ口上を江戸家老が用人と組頭へ与えた。

「藩のため……」

「苦渋の選択をすることこそ、お家の支えたる者の役」

用人と組頭が落ちた。

「誰を選んでも不公平になる。ここは、士籍簿から抽出するとの形でよいな」

「ご家老のお考え通りで」

「ご一任いたす」

二人が同意した。

「……ここから十人続けて」

「この八人を……」

執務部屋で三人が放逐する者の名前に棒線を引いているところに、藩士が顔を出した。

「ご家老さま、堀田加賀守さまのご用人さまがお目にかかりたいと」

「なに、ご老中さまのご用人さまが。すぐに参る。客間へお通ししておけ」

江戸家老が慌てた。

同じ陪臣《ばいしん》とはいえ、相手は飛ぶ鳥を落とす勢いの堀田家の用人である。江戸家老は急ぎ身なりを整え、客間へと向かった。

「堀田家用人の酒匂《さこう》でござる」

「当家江戸家老の寺沢左門でございまする」

「早速に用件でござるが……」

名乗りを終えた堀田家用人の酒匂が話し始めた。

「……天草の四万石をお返しいただけると」

寺沢左門が身を乗り出した。

「条件を満たせばでござる」

酒匂がただではないと述べた。

「松浦家を巻きこめばよろしいのでございますな」

「さよう。松浦から切支丹の巣となりうる和蘭陀商館を取り上げなければならぬと御上はお考えでござるが、あいにく松浦に咎はない」

一度、酒匂が言葉を切った。

「聞けば、貴家を松倉の者が襲ったとか」

「なぜそれを……」

寺沢左門が目を剝いた。弦ノ丞たちを逃した後、数の優位で松倉の勢を殲滅《せんめつ》、なにもなかったと頰被《ほおかぶ》りをしていた。

「もう一つ、最初に襲ったのも、貴家からだったそうでござるな」

「そこまで……」

「執政の耳には隠し事ができませぬ。天下のすべては江戸城の御用部屋へ集まりますので」

絶句する寺沢左門に酒匂が応じた。

「最初は島原の一揆の責は松倉に、松倉だけにありと天下の耳目を集めるため。これはあいにく松浦の介入で、失敗に終わったようでござるな。そして二度目は一度目の復《ふく》讐《しゅう》、潰されるとわかった松倉の抵抗。これも松浦の手出しで崩れたようなもの」

「……………」

しっかり見抜かれている現実に、寺沢左門が黙った。

「……松浦を襲えと」

寺沢左門が酒匂の求めを先読みしようとした。

「いいえ。寺沢と松浦に因縁はありません。表沙汰になったとき、寺沢の行為のおかしさに気づく者はおりましょう」

松浦への手出しを禁じた酒井讃岐守と土井大炊頭の目はまちがいなく松平伊豆守、阿部豊後守、堀田加賀守の三人に向かう。

「ではどうすれば……」

酒匂に否定された寺沢左門が問うた。

「松浦の隣、松倉を襲っていただきたい」

「今更でござるか」

「いかにも。寺沢は松倉を襲う理由がある。なにせ島原の一揆で巻きこまれたのでござるからな。その恨みとあれば、誰も不審には思いますまい。松倉の屋敷へ討ち入ったとき、松浦との境の塀を一カ所崩していただきたい」

「塀を……」

言われた寺沢左門が首をかしげた。

「さよう。塀を崩し、人が行き来できる状態を作ってくださればよろしい。後はこちらでいたしまする」

酒匂がそこまででいいと言った。

「当家にお咎めは……」

私闘は厳禁されている。とくに江戸ともなると、喧嘩《けんか》両成敗《りょうせいばい》は確実であった。

「心配せずともよい。そなたたちが松倉の屋敷を襲い、塀を壊すまでは大目付《おおめつけ》も目付も動かぬ。ことがすんだ後も、寺沢へ監察の目は入らぬ」

「しかし、当家なればこそ松倉を襲う理由があると、先ほど仰せられましたが」

矛盾していると寺沢左門が文句を言った。

「四万石を公収されるのでござる。かなりの藩士を放逐なさらねばなりますまい」

寺沢家がなにをするかを完全に見抜かれていた。

「その者たちを使えば……すでに藩籍をなくした者は牢人、なにをしようとも大名家には累は及びませぬ」

「使い捨てにせよと」

「とんでもない。無事にことがなれば、貴家には天草が返されるのでございますぞ。その折には帰藩させてやるといえば……喜んで働きましょう」

「…………」

酒匂の提案に、寺沢左門が沈黙した。

「もちろん、お断りいただいても結構でございまする。その代わり、天草は返りませぬし、なにかと御上に睨まれた寺沢家には負担が……」

「させていただきましょう」

脅しに近い言葉を口にする酒匂を、寺沢左門が遮った。

「結構でございまする。報償についてはご懸念なく。取り上げてすぐに返還とは参りませぬが、数年以内には必ず」

口だけの約束を残し、酒匂は去った。

三

江戸が落ち着いたおかげで、夜遊びをする者たちが復活した。

「通れ」

「そんなところに小便をするな」

世間が安泰になれば、辻番《つじばん》のすることもなくなる。

松浦家の辻番所もご多分に漏れず、退屈な日々をこなしていた。

「今日も一日終わりそうでござるな」

立ち番の田中正太郎が辻番所でくつろいでいる志賀一蔵へと語りかけた。

「であればよいがの」

油断はできないといいながらも、志賀一蔵も安堵の表情を浮かべていた。

「遅くなりましてございまする」

そこへ弦ノ丞が顔を出した。

「おう、今日は肥田《ひだ》が非番か」

志賀一蔵が述べた。

肥田とは、弦ノ丞が酒井讃岐守との連絡役を命じられた後、辻番に補された若い藩士であった。

「なにかございましたか」

朝から夕まで長屋へ戻っていた弦ノ丞が問うた。

「なにもないわ。それより、斎、おぬし、今日見合いであったろう。どうであった」

平穏無事だと答えた田中正太郎が訊いた。

「よきご縁と思いましてござる」

弦ノ丞が答えた。

「当たり前じゃ。ご家老さまの縁者であるぞ。気に入らぬなどと言うてみい。そなたから非番という言葉は消えるわ」

志賀一蔵が笑った。

「ご勘弁願いたい」

弦ノ丞が頭を下げた。

「からかわれるものじゃ。婚礼が終わって子ができるまではの」

「さよう、さよう。拙者も一年ほどやられました」

志賀一蔵と田中正太郎が顔を見合わせた。

「どれ、立ち番を代わりましょう」

慌てて弦ノ丞が外へ出て行った。

「しばらく楽しめそうじゃ」

「まさに、まさに」

二人が手をたたいて楽しんだ。

「……まったく」

弦ノ丞は熱くなった頰を手で押さえた。

「たしかに美しい女《おなご》であった」

昼八つ過ぎ（午後三時ごろ）に顔を合わせた相手は、江戸家老滝川大膳の妻の姪《めい》にあたる、勘定方《かんじようかた》の娘であった。

「早ければ、今年の冬には婚礼か」

武家の見合いは婚約に近い。見合いまで話が進んで、顔を合わせてから破談になることはまずなかった。

「よき娘御のようで、母も喜んでおりまする」

見合いを終えた後、弦ノ丞の出務用意を手伝いながら、母がほほえんだ。

「母ともうまくやってくれれば……」

嫁と姑《しゅうとめ》の問題はどこにでもある。弦ノ丞も家中がもめている同僚の話を聞いたことはあった。

「人通りも絶えてきたか」

日が暮れ、夜遊びの者だけになれば、松島町も静かになる。

「……通られよ」

目の前に立ち止まった侍風体の者に、弦ノ丞は手を振った。

「………」

ぐっと弦ノ丞を睨みつけてから、侍風体の者が過ぎていった。

「なんだ……。見覚えのない顔であったぞ」

弦ノ丞は首をかしげた。

「どうした」

なかから声がかかった。

「いえ。たいしたことではございません。ただ、見知らぬ武家に睨まれましてござる」

困惑しながら弦ノ丞が告げた。

「見知らぬ武家だと」

志賀一蔵が辻番所から出てきた。

「どこへ向かった」

「あそこでござる」

まだ見える背中を弦ノ丞が指さした。

「松倉家の屋敷前……立ち止まっておるな」

志賀一蔵も戸惑っていた。

「潰された松倉家の者では」

田中正太郎も会話に加わってきた。

「松倉家の者は、まだ屋敷におるのであろう」

「再興願いを出しているとかで、まだほとんど残っているはずでござる」

質問した志賀一蔵へ田中正太郎が応じた。

「もっとも何人かは、見切りを付けて去っていったとも聞きましたが」

「再仕官もないだろうにな」

志賀一蔵がため息を吐いた。

「……また来ましたぞ」

弦ノ丞が近づいてくる侍の影を見つけた。

「一人、二人ではないな」

そちらを見た志賀一蔵が緊張した。


騒動は一瞬で始まった。

松倉家の門前にいつの間にか集まっていた武士体の者が十人を数えたところで、うちの一人がいきなり担いでいた大槌《おおつち》を振りかぶった。

「えっ……」

「なにを」

弦ノ丞と田中正太郎が唖然とするなか、高々と持ちあげられた大槌が松倉家の表門へ打ち付けられた。

空気を震わせる轟音《ごうおん》が、夜の江戸に響いた。

「一体……」

いつもは冷静な志賀一蔵まで驚きで動けなくなっていた。

「まだだ」

武士体の十人、その中央あたりに腕組みをしていた男が、大槌の者へ次撃を命じた。

「おうりゃあ」

大槌を軽々と担いだ巨軀《きよく》の男が、もう一度渾身《こんしん》の力をこめた一撃を扉へ加えた。

どこの大名の門も同じであるが、表門の閂《かんぬき》には所々金輪をはめた横木が使われている。とはいえ、城の大手門とは違う。金輪は防護というより、横木の反りを防ぐていどの意味しかなく、開け閉めの手間を考えて重くならないようにされている。

門の中央にあたる表門の中心には金輪はない。二度、三度と大槌を喰《く》らってはたまらない。爆《は》ぜるような音を立てて、閂が折れた。

「何者ぞ」

改易された大名家は、屋敷を明け渡さなければならない。さすがに藩士たちのこともあるため、いささかの猶予は認められている。とはいえ、夜中堂々と灯《あか》りを点け、人が出入りするわけにはいかず、ひっそりと表御殿の戸や雨戸を閉め、しめやかに目立たぬよう謹んでいなければならないのだ。大門への攻撃に驚いても、即座に対応できなくて当然、松倉藩士たちが、迎撃に出てきたときにはすでに遅かった。

「打ちこめ」

腕組みをしていた武家の指示で、大槌の男を除く八人が門内へと駆けこんだ。

「井上、門を閉められぬよう、蝶 番《ちょうつがい》を壊せ」

「承知」

頭分の指示に井上と呼ばれた大槌の男がうなずいた。

「喰らえ」

またもや大槌が門を叩いた。

「防げ、防げ。なんとしても門を閉じよ。今、なにかあればお家の再興は泡と消えるぞ」

松倉家の重臣らしき老藩士が叫んだ。

大門さえ閉じておけば、なかでどれだけの惨事があっても、幕府の介入は防げる。

「なにやつじゃあ」

「させんわ」

松倉藩士が応戦に入った。

が、出遅れただけの不利は取り返せなかった。襲撃側は鎧《よろい》兜《かぶと》を身につけていなかったが、鉢巻き、たすきをしており、十分な態勢を整えている。対して、夜中の急襲に驚いて飛び出してきた松倉藩士たちは、ほとんどが袴《はかま》さえ着けておらず、裸足《はだし》であった。

「ぐわっ」

「ぎゃああ」

たちまち数人の松倉藩士が斬り伏せられた。

「逃げる者は追わぬ。刃向かう者は斬る」

腕組みをしたまま門内へ入った頭が、大声で宣言した。

「わああ」

その間も、松倉藩士が続々と倒れていく。

「嫌だあ、滅びた家のために死ぬのは嫌だあ」

若い松倉藩士が背を向けた。

「きさま、ご恩を」

重臣が若い松倉藩士を叱ろうとしたが、一人が崩れれば伝染する。

「こんなところで死ねるか」

「死ねば仕官もお家再興もないわ」

次々と松倉藩士が戦線を離脱していった。

「馬鹿な……」

「おまえはどうする。松倉に殉ずるか」

呆然《ぼうぜん》とする重職に頭が問いかけた。

「……終わりだ。これで終わりだ」

重職が崩れ落ちた。

「……井上、門はどうだ」

「完全に壊しましてござる」

井上が応じた。

「けっこうだ。もう一働き、頼むぞ」

「お任せあれ」

井上が大槌を担ぎあげた。

「一同、井上を守るぞ。半数は、外から攻め寄せる者がないかどうか見張れ。松浦か寄合辻番の者が来たならば、防げ。なかへ入れるな」

「おう」

「承知いたした」

侍たちが持ち場へと散った。

「せえぇのお」

井上が大槌を振りかぶって、松倉家と松浦家の境となっている塀に落とした。


松倉家が襲われている。それを見ながらも、弦ノ丞たちは動けなかった。

「他家のことに手出しするな。巻きこまれてはならぬ」

辻番増員当初とは事情が変わっていると、滝川大膳から止められていたからであった。

「松平伊豆守に目を付けられたのだ。なんとか酒井讃岐守さまにお願いして、抑えていただいたが、ここでなにか起こせば、此度《こたび》はかばっていただけぬ」

滝川大膳は功績よりも目立たないことを優先するに方針を転換した。

「…………」

門内の状況はわからないが、十人近い侍に表門を破られた松倉家が押されているだろうというのは予想できる。

同じ九州の外様大名で屋敷も隣同士、それなりに交流もあった。それを見捨てなければならない辛《つら》さに、弦ノ丞たちは歯がみをしていた。

「……どうした」

そこへ屋敷の塀が振動した。

「おかしい。隣家の騒動にしては、強すぎる」

志賀一蔵が異変に気づいた。

「見て参りましょう」

「儂も行く。田中、状況を注視しておけ」

屋敷内へ戻った弦ノ丞に、志賀一蔵も同行した。

「まただ」

すぐにもう一度響きがあった。

「あれは……」

先頭に立って松倉家との境へ向かっていた弦ノ丞が足を止めた。

「まさか」

志賀一蔵も目を剝いた。

松倉家上屋敷との間を仕切っていた塀がひび割れていた。

「よいしょおお」

気合い声とともに衝撃がもう一度走り、二人の目の前で塀が崩れた。

「…………」

人が一人通れるほどの穴が開いたことに驚いた弦ノ丞は動けなかった。

「これくらいでよろしいか」

「よいぞ」

塀の向こうでの会話が聞こえたが、弦ノ丞はどうしていいのかわからなかった。

「……ふふふ」

塀の破れから、先ほど弦ノ丞を睨みつけた男が顔を出して笑った。

「兄の仇《かたき》ども。滅ぶがいい、松倉と一緒にな」

男が弦ノ丞へ告げると顔を引っ込めた。

「退け」

その声とともに、松倉家での騒動が静まった。

「志賀どの」

「……斎、さきほどの男、まことに見覚えはないのだな」

「ございませぬ」

問うた志賀一蔵に、弦ノ丞は首を左右に振った。

「兄の仇と申していたようだが……」

「仇と言われる覚えは……」

否定しかけて弦ノ丞は詰まった。

「寺沢家の」

「儂にも覚えがあるな。それは」

二人が顔を見合わせた。

「どういうことだ」

首をかしげながら、志賀一蔵が穴に近づいて覗《のぞ》きこんだ。

「松倉家と繋がった……」

穴が開いたとはいえ、隣は別の屋敷である。勝手に足を踏み入れるわけにはいかなかった。

「御家老さまにお報《しら》せをせねばならぬ」

「はい」

「なにがあった」

うなずき合って踵《きびす》を返そうとした二人のところへ、提灯《ちょうちん》持《も》ちの藩士を連れた江戸家老滝川大膳が近づいてきた。

「なんだ、この穴は」

問うた滝川大膳が、提灯に照らされた穴に絶句した。

「わかりませぬが……」

志賀一蔵が一連の経緯《いきさつ》を報告した。

「……寺沢家の仇討ちだとしても、なぜ当家の塀を」

滝川大膳も理解に苦しんだ。

「まずいぜ、それは」

塀の穴を見ている弦ノ丞や滝川大膳の背中から声がかけられた。

「その口調は……」

振り向いた弦ノ丞は近づいてくる南町奉行所与力相生の姿に気づいた。

「久しぶりだの」

軽く右手を上げて、相生が滝川大膳へ挨拶をした。

「これは南町の与力さま。この夜更けに当家へお見えとはなんでございましょう」

許しなく敷地内に入ってきた相生を、言外に滝川大膳が咎めた。

「田中、なにをしておる。そなた辻番の任を……」

相生の後ろで戸惑っている田中正太郎を志賀一蔵が叱った。

「叱ってやるな。おいらが無理を言っただけだ」

志賀一蔵を相生が制した。

「どういうことでございましょう」

滝川大膳が険しい顔をした。

「このままだと松浦もやられるぞ」

相生が厳しい顔をした。

「なにを……」

「ずっと見張っていたのよ、松浦家をな」

抗議しようとした滝川大膳に、相生が言葉を被せた。

「まだ当家に恨みを」

志賀一蔵が憤慨した。

「違う。松浦に恨みはねえよ」

「では、なぜ」

「次々、口を出すねえ。話ができねえだろうが」

話の腰を折られ続けた相生が怒った。

「申しわけございませぬ」

滝川大膳が謝った。

「まったく……」

小さくため息を吐いた相生が話を始めた。

「若いの、斎とか言ったな。おめえ、今、襲撃してきたやつに思いあたる節があると言ってたろう」

「……はい」

聞かれていてはしかたない。弦ノ丞は認めた。

「寺沢のかかわりだろう。そやつ」

「おわかりに……」

相生の発言に弦ノ丞は目を見張った。

「あのとき見た奴《やつ》がいた。ああ、町方という役目をしているとな、一度でも見た奴は遠目でもわかるようになるんだ」

まちがいではないと相生が言った。

「それに、松倉と松浦、両家とかかわりのあるのは寺沢くらいだしな」

「…………」

肯定するのはまずい。弦ノ丞が口をつぐんだ。

「まあいい。襲い来たのが寺沢だとわかっただけでも大きいからな」

相生が口をゆがめた。

「そこで話を戻す。今、見てきたが、松倉の表門は完全に破壊されている。ありゃあ、大工を入れなきゃ、戻せねえ」

「そこまで完全に……」

滝川大膳が驚いた。

「つまり、松倉はなにもなかったとはできなくなった。明日にでも騒動を聞きつけた大目付が押し出してくれれば、松倉に打つ手はない」

「……………」

大目付という言葉に滝川大膳が黙った。

「そして、それは松浦も同じだ」

「当家も……」

滝川大膳が怪訝な顔をした。

「松倉に大目付が入ったとき、この塀の破れを見逃すか」

「うっ」

言われた滝川大膳が詰まった。

「そして、松倉は大目付になんと言う……いきなり表門を破られ、襲撃を受けました。なにがなんだかわかりません。たぶん、こう言いわけするだろうな」

「おそらく」

己に責任がない、これは喧嘩ではなく、意趣遺恨でさえないと抗弁するしか逃れる方法はない。喧嘩両成敗が決まりである。事情があってとなれば、松倉家再興の望みは完全に潰えた。

「そうなったら、大目付はその狼藉者《ろうぜきもの》を探すだろう」

「たしかにそうなりましょう」

滝川大膳も同意した。

「そのとき、大目付はこの破れから狼藉者が逃げ出したかも知れないと思えば……」

じっと相生が滝川大膳を見た。

「当家に探索の手が入る」

「そうだ。そして、それを拒むことはできぬ。塀が破られているのだからな。大目付の手出しを認めれば、屋敷のなかは隅から隅まで検《あらた》められるぞ」

「……………」

滝川の顔色が変わった。

「思いあたる節があるのだろう。だったら、急げ」

「かたじけなし」

急《せ》かす相生に滝川大膳が頭を下げた。

「これで恩は返したぞ」

相生が、弦ノ丞と志賀一蔵を見た。

「そのために当家を……」

見張っていたのかと弦ノ丞が相生を見つめた。

「最初の一件からずっとだからな。つきあいみたいなもんさ。もっともこれで終わりだ。町方が口出しできる状況じゃねえ。寺沢にこれだけの無茶をさせられるお方が後ろにいるはずだからな。こちらも命は惜しい」

相生が首をすくめた。

「かたじけのうございました」

「おうよ。じゃあ、達者でな。お互いもう二度と会いたくはねえ」

礼を言う滝川大膳に手を振って、相生が去った。

四

「聞いたな。天草を取りあげられたばかりの寺沢が、恨みなどで動くはずはない。下手をすれば天草どころか本領まで危うくする。それをわかっていながら寺沢が動いた」

「松平伊豆守さま」

「おそらくはの。酒井讃岐守さまが抑えてくださる約束だが、それは平戸城のことだけ。上屋敷までは含まれておらぬ」

志賀一蔵の出した名前に同意しながら、滝川大膳が述べた。

「この上屋敷にも見つかってはまずいものがございますのか」

弦ノ丞が訊いた。

「鉄炮《てつぽう》と弾、火薬と兵糧は御上の軍役に従ったものだ。これについてはなにも言われまい」

入り鉄炮を警戒している幕府だが、参勤交代してくる諸大名の役割である江戸城防備に使われる武器弾薬は認めている。これを咎めるわけにはいかない。

「金でございまするか」

「多少はあるが、天下を驚かすほどはないぞ」

志賀一蔵の質問に、滝川大膳が首を横に振った。

「では、なにが」

当然の疑問を志賀一蔵が口にした。

「唐物《からもの》じゃ」

滝川大膳が苦い顔をした。

唐物とはオランダやポルトガル、清などから日本へ持ちこまれた物品のことだ。なかなか手に入らないものとして珍重され、一つが万金に値するときもあった。

「知っての通り、亡くなられた先代さまは唐物をお好みであった。数多くの唐物を和蘭陀から買い求められ、お側《そば》で愛でられた。その遺品ともいうべき唐物が、上屋敷の蔵に数多くしまわれておる。代替わりやこの一揆騒動ですっかり忘れていたわ」

滝川大膳が嘆息した。

「唐物が見つかってはまずいのでございまするか」

弦ノ丞が尋ねた。

「唐物ぞ。儂も全部をあらためたわけではないゆえ、確実とは言えぬが、くるすが記されているかも知れぬのだ」

「くるす」

「切支丹の……」

志賀一蔵と弦ノ丞の顔色が蒼白になった。

「見つかれば、当家は潰されかねぬ。一々くるすがあるかどうかなど確かめている間はない。明日になって大目付どのが来るまでに、唐物をすべて下屋敷へ移さなければならぬ」

滝川大膳が焦った。

「かといって大勢で動いては目立つ。この場におる者だけでこなすぞ。急げ」

「はっ」

「ただちに」

江戸家老の命に、一同がうなずいた。

平戸藩の下屋敷は浅草鳥越《とりごえ》にある。松島町の上屋敷からはさほど遠いわけではない。荷車に乗せて移動すると音もするし、夜中のそれは不審を招く。いくつかを風呂敷に包み、何度か行き来をしなければならなかったが、なんとか夜明けまでに唐物の移動は終わった。

「惣目付《そうめつけ》秋山修理亮《あきやましゅりのすけ》である」

夜明けと共に、松倉家へ大目付秋山修理亮正重が馬で乗り付けた。

大目付は当初惣目付と呼ばれていた。秋山修理亮はその初代であり、大目付という呼び方が普及した後も、惣目付と自称していた。

「表門の破壊、そこらの血しぶき、なにごとがあった」

「それが……」

松倉家の屋敷に入った玄関前での遣り取りは、塀の破れからよく聞こえた。

「やはり参りましたな」

徹夜明けながら、緊張したおもむきの志賀一蔵が滝川大膳に囁《ささや》いた。

「うむ」

滝川大膳が首を縦に振った。

「まだ犯人が、隠れているやも知れぬ。屋敷内を検めよ。それっ」

秋山修理亮の指示が飛び、人が走る音が聞こえてきた。

「あっ、お待ちを」

松倉の重職が制しようとしたが、

「控えておれ」

秋山修理亮に一蹴された。

「……なんじゃ、この塀の穴は」

さも今気づいたように、秋山修理亮が塀の破れを見て言った。

「来ましたな」

「わざとらしいことじゃ」

志賀一蔵と滝川大膳がうなずきあった。

「……そなたたちはなんじゃ」

塀の破れから顔を出した秋山修理亮が詰問した。

「松浦家家老の滝川大膳と申しまする。これらは同藩の者でございまする」

滝川大膳が頭を下げた。

「この破れはなんじゃ」

「昨夜、隣家を襲った者どもが壊していったものでございまする」

「なんと、で、その者たちはどうした」

「追い払いましてございまする」

問うた秋山修理亮に滝川大膳がぬけぬけと答えた。

「逃がしたのか」

「松倉さまの敷地より出て参りませんでしたゆえ、こちらから踏みこむわけにも行きませず」

「むっ……」

屋敷内は、その大名の城と同じ扱いを受ける。無断で侵入はできなかった。取り締まる側の大目付だけに秋山修理亮はそれ以上の追及ができなかった。

「ならば、その胡乱《うろん》な者どもが、ここからそちらへ入ったかも知れぬ。屋敷内をあらためさせよ」

秋山修理亮が言い出した。

「決して不審な者の踏みこみを許してはおりませぬが、どうぞ、ご存分にお確かめを」

「うむ。そなたたち行け。蔵のなか、床下も見逃すな」

「はっ」

後ろに控えていた配下たちが、塀の破れをこえてきた。

「宗門改方与力角田《つのだ》である。大目付さまのご命により調べる」

最初に入ってきた配下が名乗った。

大目付は宗門改を兼任していた。宗門改には与力六騎、同心三十人が付属した。

「宗門改方が、なぜ……」

滝川大膳が息を呑んだ。

「島原の一件もあるゆえ、宗門改が出張っておる。なにもなければ、問題ないはずじゃ」

塀の向こうで秋山修理亮が嘯《うそぶ》いた。

「……さようでございまする」

滝川大膳が納得した。

「そなたらは動くな。隠しごとをするとためにならぬぞ」

秋山修理亮が命じた。

夜明けとほぼ同時に始まった探索は、昼過ぎまで続いた。

「不審な者は見当たりませぬ」

「なにもございませぬ」

与力たちが秋山修理亮へ報告した。

「なにもなかっただと……まことだな。切支丹のかかわりなどもか」

秋山修理亮が不満そうな口調で確認した。

「蔵のなかまで改めましたが、ございませんでした」

角田が首を左右に振った。

「むううう」

唸った秋山修理亮が、滝川大膳を睨みつけた。

「お疑いは晴れたようでございまする。松浦は外様ながら御上に忠誠を尽くしておりまする。どうぞ、ご信頼をいただきますよう」

滝川大膳が深々と腰を折った。

「……帰るぞ」

秋山修理亮が言葉をかけることもなく、松倉の屋敷内へと引っこんだ。

「ごめん」

与力、同心も出ていった。

「やれやれだの」

ほっと滝川大膳が安堵の息を吐いた。

「よろしゅうございました」

「まことに」

志賀一蔵も弦ノ丞も緊張を解いた。

「宗門改を連れて来た。相手はかなり当家の内情に御上は詳しいの。誰か、通じておるのかも知れぬ」

滝川大膳の表情がふたたび険しいものになった。

「これで終わりとはいきませぬか」

「いくまい。執政衆はしつこい。あきらめのよい者は出世せぬ。しつこくなければ、執政まで登れぬ」

弦ノ丞の希望を、滝川大膳が砕いた。

「勝負はこれからか……」

滝川大膳が天を仰いだ。

「大目付さま、大事でございまする」

松倉家で大声がした。


改易、預けと決まった松倉長門守勝家だったが、上屋敷の探索で桶《おけ》に放りこまれた百姓の死体らしきものが見つかったことで処遇が変わった。

五月、美作津山から江戸へ召喚された松倉長門守は厳しい取り調べの後、大名としては異例の斬首となった。

切腹さえ許さないほど幕府の怒りは強く、松倉長門守の弟二人にも罪は及んだ。

松倉長門守の斬首から四カ月、土井大炊頭と酒井讃岐守は家光から長年の精勤を賞され、老中から大老職へと進められた。

「これより先、常時の登城はせずともよい。非常の際には、伊豆たちを指導し、助けてやれ」

家光によって、二人は幕政の実務から外された。

「かたじけなき仰せ」

将軍の命である。しかも形だけとはいえ、栄達である。土井大炊頭も酒井讃岐守も黙って表舞台から身を退いた。

「讃岐守さまが幕政から退かれた」

「松平伊豆守が動くぞ」

松浦肥前守重信と滝川大膳が警戒するなか、問題は江戸から上がった。

「未《いま》だ松浦は切支丹の祭事を執りおこなっております る」

先代藩主松浦壱岐守隆信の取り立て家臣で、江戸上屋敷辻番頭を務めていた浮橋主水が、評定所《ひょうじょうしょ》に訴え出たのだ。

松浦壱岐守隆信の母松東院はキリシタン大名で有名な大村純忠《おおむらすみただ》の娘であり、本人も受洗してメンシアとの洗礼名を持っていた。その松東院が、密《ひそ》かにキリシタンとして活動していると浮橋主水は訴え出た。

「ただちに出頭いたせ」

松浦肥前守へ呼び出しがかかった。

「浮橋は、亡父の引き立てで領内の漁師の息子から馬廻《うままわ》り三百石に引き立てられておきながら殉死もせず、役目もおろそかにするなど卑怯未練《ひきょうみれん》な者。島原での戦いでも、武家らしからぬ振る舞いがあり、それを責められると逐電するような輩《やから》でございまする。その言を取りあげられることなどなさいませぬよう」

「では、切支丹の疑いはないのだな」

「もちろんでございまする」

松平伊豆守の詰問に、松浦肥前守がうなずいた。

「ならば領内を巡察する」

もう一度、いや、改めて松平伊豆守は平戸を調べさせた。が、準備をしていたおかげで何も出なかった。

「浮橋主水は主家を讒訴《ざんそ》した罪をもって、伊豆大島へ流す。松浦家はお構いなし」

事件の裁決は、松浦家を無罪としたが、その二年後の寛永十八年（一六四一）、平戸のオランダ商館は閉鎖、長崎の出島へと移された。

「滝川どのの申されるとおり、執政はしつこいな」

妻を娶《めと》り、辻番から馬廻りへと異動していた弦ノ丞が小さく首を振った。

金のなる木であった平戸オランダ商館を失った松浦家は、長い財政不振の日々を迎えることになった。

また、天草を取り返すことができなかった寺沢家は、より悲惨な末路をたどった。

「情けなし。先祖に顔向けできぬ」

出仕を留められる。大名にとって大いなる恥をさらした寺沢兵庫頭堅高は、失意の日々に耐えられず、正保《しょうほう》四年（一六四七）に切腹して果てた。子供がいなかったため、寺沢家は断絶、唐津藩八万三千石は改易となった。

乱世の終焉《しゅうえん》から二十年、島原で起こった一揆は、大きな傷跡を残したが、このち天下は安泰へと向かう。

しかし、「辻番は生きた親爺《おやじ》の捨てどころ」という老齢になった者でも辻番は務まるという川柳《せんりゅう》が、流行するのはまだまだ先の話であった。

解　説

末國善己

文庫書き下ろし時代小説は、捕物帳、剣豪ものを軸としながらも、最後は心温まる人情で落とすシリーズが多い。その中にあって上田秀人は、史実の隙間にフィクションを織り込む伝奇的な手法を使った武家ものを書き継いでいる異色の作家である。

大岡越前配下の三田村元八郎が、密命を受けて京へ向かう『竜門の衛』（後に〈三田村元八郎〉シリーズとなる）で本格的にデビューした著者は、現代の会計監査員にあたる勘定吟味役に抜擢《ばってき》された水城聡四郎が、六代将軍家宣《いえのぶ》の側近・新井白石の命を受け金がらみの不正を追う〈勘定吟味役異聞〉、将軍に刃物をあてることを許された月代御髪《さかやきおぐし》（通称お髷番《まげばん》）の深室賢治郎が、自由に動けない四代将軍家綱の代わりに悪と戦う〈お髷番承り候〉、江戸城の文書を管理する奥右筆《おくゆうひつ》組頭の立花併右衛門が、幕政の闇に挑む第三回歴史時代作家クラブ賞シリーズ賞受賞作の〈奥右筆秘帳〉など、江戸幕府の珍しい役職に就いている主人公が活躍する人気作を矢継ぎ早に刊行してきた。

ところが、二〇一三年にスタートし、外様大名・加賀藩の江戸留守居になった瀬能数馬が、藩内の権力抗争と幕府からの圧力の両方に対処する〈百万石の留守居役〉からは、将軍を頂点とする武家社会の中では中間管理職的な立場のヒーローを設定することで、読者がより身近に感じられる事件と登場人物の苦悩を描くようになっている。

下からの目線で歴史と社会をとらえるシリーズは、今や著者の創作の大きな柱となっていて、凄《すさ》まじい出世欲を持つ曲淵甲斐守に仕える若き内与力・城見亭が、町奉行所内の暗闘に巻き込まれていく〈町奉行内与力奮闘記〉、著者が初めて浪人の諫山左馬介を主人公にした〈日雇い浪人生活録〉などへと受け継がれている。

著者の集英社文庫への初参入作で、辻番勤務を命じられた肥前平戸藩士の斎弦ノ丞を主人公にした本書『辻番奮闘記　危急』も、この系譜に属している。

江戸市中には、警備や見張りのため番所が設けられていた。番所は、町の境界に作られ、番太または番太郎と呼ばれる番人が居住しながら管理した木戸番、各町内に作られ、町人が持ち回りで運営し（後に専従の事務担当を雇うようになった）、町奉行所の出張所や町会の集会所などの役割があった自身番が有名だが、武士が武家地の警備のために設置した番所もあった。これが、タイトルになっている辻番である。

戦国の気風が色濃く残り、支配体制の強化を進める幕府もささいなミスを咎《とが》めては大名家を取り潰す武断的な政治を行っていた江戸初期。主家が断絶した浪人たちは、仕官先や働き口を求めて開発が続く江戸へ流入したため、辻斬り、強盗などの凶悪事件が増加した。そこで幕府は、寛永六（一六二九）年に、辻斬りを防止するため辻番の設置を決める。辻番は、幕府が直接管理する公儀御給金辻番、大名が一家で受け持つ一手持《いってもち》辻番、近隣の大名、旗本が共同で受け持つ寄合辻番に分けられていた。辻番は昼夜交代で、荒事もあるため二十歳以下の若者や六十歳以上の老人は任務が禁じられ、番所には突棒《つくぼう》、さすまた、早縄、松明などを常備することも定められていた。

町人社会と密接に繋《つな》がっている木戸番、自身番は、北原亞以子《あいこ》〈深川澪通り木戸番小屋〉、喜安幸夫《きやすゆきお》〈大江戸番太郎事件帳〉、今井絵美子〈照降町自身番書役日誌〉など何度も人情時代小説の題材になっている。辻番も、武家が町人に管理を委託するようになった江戸中期以降であれば、牧秀彦〈辻番所〉や吉田雄亮《ゆうすけ》〈渡り辻番人情帖〉などのシリーズもあるが、まだ武士が直接、辻番に詰めていた江戸初期を舞台にしたのは、著者が初めてではないだろうか。これは、時代小説であまり取り上げられることのない珍しい役職を〝発掘〟してきた著者の面目躍如たるところである。

物語の舞台は三代将軍家光の治世下、九州の天草では大規模な切支丹一揆が発生、幕府が板倉内膳正重昌に続き、二人目の討伐使として老中・松平伊豆守信綱の派遣を決めた寛永十四（一六三七）年十一月。九州では戦火が濃くなり、同じ九州の平戸藩四代藩主・松浦肥前守重信も幕府の命で帰国したが、将軍のお膝元の江戸は平穏だった。キリスト教国オランダの商館があるため、切支丹の弾圧を強める幕府に厳しい目を向けられている平戸藩の江戸家老・滝川大膳は、幕府への忠誠を示そうと二つ目の辻番を設けることを決め、武術が得意な三人、ベテランの田中正太郎と志賀一蔵、若手の斎弦ノ丞に番士を命じる。

松浦家江戸上屋敷の隣りは、幕府の歓心を買うため領民に荷重な税を課し、切支丹の大弾圧も行って島原での一揆の原因を作った松倉家。新たな辻番を設置した大膳には、松倉家に何かを仕掛ける者を牽制《けんせい》し、松浦家を安泰にする目的もあった。

ちなみに平戸藩の九代藩主は、政治、経済、文化から犯罪、風俗、怪異譚《かいいたん》までを網羅した江戸を代表する随筆集『甲子夜話《かっしやわ》』を書いた松浦清（号・清山）。『甲子夜話』は、伊多波碧《いたばみどり》〈甲子夜話異聞〉、楠木誠一郎〈甲子夜話秘録〉など多くの時代小説に題材を提供しているだけに、松浦家は時代小説ファンにはお馴染《なじ》みなはずだ。

大膳の心配は現実となり、弦ノ丞たちが夜回りを始めた直後、松倉家の屋敷前で、激しい闘争が発生した。弦ノ丞たち三人が駆けつけると、優勢に戦いを進めていた側が「意趣遺恨の争いでござれば、お口だし無用に願う」という。弦ノ丞は、本当に遺恨があるのか確かめるため名を聞くが、双方とも拒否する。そこで三人は劣勢な側に加勢した。優勢な側の一人に傷を負わせ何者かを聞き出そうとするが、仲間が撤退する時に「死ね」と命じられた男は、首筋を太刀で切り裂いて自害する。

本書が面白いのは、争っていた両者がどこの家中かも、何のトラブルがあってお家断絶の危険もある剣戟《けんげき》にまで発展したのかもまったく分からないことである。さらに松浦家の辻番たる弦ノ丞たちは、辻斬り、強盗といった凶悪犯なら問答無用に捕縛や処分もできるが、他家同士の争いであれば介入できない。江戸時代の大名は、幕府から強い自治権を与えられていたため、他家の騒動にかかわる権限を持たない外様大名の松浦家が下手に謎を追えば、お家断絶に発展するかもしれないのだ。何が起きているかさえ判然としない事件を、弦ノ丞は手探りで捜査しなければならないだけに、次にどんな展開になるか予測できず、それが圧倒的なサスペンスを生んでいるのである。

その頃、幕府の中枢では、家光の男色相手であったことから蛍大名と揶揄《やゆ》されながらも、努力を重ねて老中まで出世した若手の松平伊豆守信綱、阿部豊後守忠秋、堀田加賀守正盛と、家光の相談役的な老臣の酒井讃岐守忠勝、土井大炊頭《おおいのかみ》利勝の対立が激化。団結して酒井讃岐守、土井大炊頭に対抗してきた家光の寵臣《ちょうしん》三人も、松平伊豆守が島原の乱鎮圧に派遣される栄誉を得たことで、関係が微妙になっていた。その松平伊豆守は、オランダとの交易で莫大《ばくだい》な利益を上げている平戸藩が、城内に多くの武器と兵糧を確保しているのを目撃、ますます平戸藩の立場が悪くなってしまう。

幕閣内で起こった権力抗争や、藩内にオランダ商館があり、外交に通じていた松浦家の動向といった史実も、弦ノ丞たちの捜査に影響を及ぼしていくので、虚実の皮膜を巧みに操り、ダイナミックな物語を紡いでいく著者の手腕にも驚かされるだろう。

外様大名の家臣（陪臣）に過ぎない弦ノ丞は、現代でいえば、大手メーカーの下請け企業の社員、あるいは大手の地方工場で現地採用された社員に近い。本社の社員にあたる直参ではない弦ノ丞が、町方で起きた犯罪を追うには、武家社会では〝不浄役人〟と呼ばれている南町奉行所吟味方与力の相生拓馬にも気を使わなければならない。また別会社の社員に相当する他の大名家にも、常に相手のメンツが立つように心がける必要がある。こうした弦ノ丞の苦しい立場は、組織に属している読者ならば身につまされるのではないか。

弦ノ丞たちが事件に巻き込まれる四年前の寛永十一（一六三四）年、伊賀上野で、元岡山藩の渡辺数馬が、弟を殺した河合又五郎を討った。柳生新陰流の達人だったとの説もある江戸初期の剣豪・荒木又右衛門が助太刀したことでも有名な〝鍵屋の辻の仇討《あだうち》〟は、岡山藩士の河合又五郎が、藩主の池田忠雄が寵愛する渡辺源太夫に横恋慕した揚げ句、殺害して逐電、江戸に出て直参旗本の安藤正珍《まさよし》のもとへ逃げ込んだことから、直参旗本と外様大名の争いという大騒動に発展した。ここからも、弦ノ丞たちの細心すぎるほどの他家への配慮が、決して大げさではないことも納得できるだろう。

物語が進むと、松倉家の前で闘争を起こした二つの勢力も、この争いの原因を突き止めようとしている弦ノ丞たちも、果ては政争を繰り広げている老中たちまで、事件にかかわった武家は、上下を問わず失職を恐れていることが分かってくる。

戦国時代は、全国の大名が有能な家臣を探していたこともあり、実力さえあればよりよい条件で再就職ができた。藤堂高虎のように、主君を変えるたびに出世した大名も珍しくなかったのだ。だが合戦がある時は数が必要だった武士も、太平の世になると消費ばかりをする無用の長物になってしまった。そのため、どの大名家も余剰の家臣を抱えていたが、乱世を生き抜くために力を尽くした家臣の子孫を放逐するのは難しかったので、多くの武士は主家が存続している限りは生きていけた。しかし幕府の逆鱗《げきりん》に触れお家断絶ともなれば、人あまりの武家社会で再就職に成功する可能性はほぼなかったのである。

こうした状況は、経済の低成長が続き、多くの企業が正社員の採用を絞り、非正規社員を使って雇用調整をしている現代社会に近い。最近の日本は、卒業するまでに正社員として採用されなければならないという若者の焦り、正社員の道からドロップアウトすると再び同じ条件で雇用されない恐怖が、強い閉塞感となって社会を覆っている。それだけに、お家存続のためならどんな汚い手段も使う敵と、お家断絶の口実になるような幕閣の横槍《よこやり》や他家からのクレームを避けながら、事件に対処しなければならない弦ノ丞たちの不自由な戦いが、よりリアルでスリリングに感じられるのである。

新たに松浦家の番士になった三名のうち、田中と志賀は大坂の陣で戦った猛者だが、太平の世で生まれ育った弦ノ丞は人を斬った経験がなく、初めての戦闘の後は人相が変わるほど動揺した。田中と志賀がビジネスパーソンの活躍が華やかだった高度経済成長期を知る世代とするなら、弦ノ丞は不況と低成長の日本しか知らない若者といえる。社会構造が変わり、武士が〝いくさ人〟ではなく官僚となることを迫られた時代を、迷い悩みながらも懸命に生きる弦ノ丞の姿は、上の世代から〝ゆとり〟などと批判されている若い世代へのエールになっているように思えてならない。

秘剣を封印して生きる主人公たちが、政争に巻き込まれ、上役の命令で仕方なく決闘の場へ向かう藤沢周平の連作短編『隠し剣孤影抄』が、我慢をすれば定年まで安泰だった高度経済成長期の勤め人の悲哀を描いたように、時代小説の武家ものは常に組織と個人の関係を問い掛けてきた。この伝統を受け継ぐ著者は、江戸の武家社会を合わせ鏡にして、現代の社会問題を照射し続けている。労働環境の変化を的確にとらえた本書も、現代を生きるすべての世代が共感できるのである。

（すえくに・よしみ　文芸評論家）

本書は、集英社文庫のために書き下ろされた作品です。

集英社文庫　目録（日本文学）

井上荒野　綴られる愛人
いのうえさきこ　圧縮《ぎゅぎゅっと》！　西郷どん
井上ひさし　ある八重子物語
井上ひさし　不忠臣蔵
井上真偽　ベーシックインカムの祈り
井上麻矢　夜中の電話　父・井上ひさし最後の言葉
井上光晴　明日　一九四五年八月八日・長崎
井上夢人　あくむ
井上夢人　パワー・オフ
井上夢人　風が吹いたら桶屋がもうかる
井上夢人　the TEAM　ザ・チーム
井上夢人　the SIX　ザ・シックス
井上理津子　親を送る　その日は必ずやってくる
今邑彩　よもつひらさか
今邑彩　いつもの朝に(上)(下)
今邑彩　鬼

伊与原新　博物館のファントム　箕作博士の事件簿
岩井志麻子　邪悪な花鳥風月
岩井志麻子　瞽女《ごぜ》の啼く家
岩井三四二　清佑《せいゆう》、ただいま在庄《ざいしょう》
岩井三四二　むつかしきこと承り候　公事指南控帳
岩井三四二　室町もののけ草紙
岩井三四二　「タ」は夜明けの空を飛んだ
岩城けい　Masato
宇江佐真理　深川恋物語
宇江佐真理　斬られ権佐
宇江佐真理　聞き屋与平　江戸夜咄草
宇江佐真理　なでしこ御用帖
宇江佐真理　糸車
植田いつ子　布・ひと・出逢い　美智子皇后のデザイナー　植田いつ子
上田秀人　辻番奮闘記　危急
上田秀人　辻番奮闘記　二　御成

上田秀人　辻番奮闘記　三　鎖国
上田秀人　辻番奮闘記　四　渦中
上田秀人　辻番奮闘記　五　絡糸
植西聰　人に好かれる100の方法
植西聰　自信が持てない自分を変える本
植西聰　運がよくなる100の法則
上野千鶴子　〈おんな〉の思想　私たちは、あなたを忘れない
上畠菜緒　しゃもぬまの島
植松三十里　お江《ごう》流浪の姫
植松三十里　大奥延命院醜聞　美僧の寺
植松三十里　大奥秘聞　綱吉おとし胤《だね》
植松三十里　リタとマッサン
植松三十里　家康の母お大
植松三十里　ひとり白虎　会津から長州へ
植松三十里　会津の義　幕末の藩主松平容保
植松三十里　レイモンさん　函館ソーセージマイスター

集英社文庫　目録（日本文学）

植松三十里　徳川最後の将軍 慶喜の本心
植松三十里　家康を愛した女たち
内田康夫　浅見光彦豪華客船「飛鳥」の名推理
内田康夫　軽井沢殺人事件
内田康夫　北国《ほっこく》街道殺人事件
内田康夫　浅見光彦 四つの事件 名探偵と巡る旅
内田康夫　名探偵浅見光彦の ニッポン不思議《ミステリアス》紀行
内田洋子　カテリーナの旅支度 イタリア 二十の追想
内田洋子　どうしようもないのに、好き イタリア15の恋愛物語
内田洋子　イタリアのしっぽ
内田洋子　対岸のヴェネツィア
内山純　みちびきの変奏曲
宇野千代　生きていく願望
宇野千代　普段着の生きて行く私
宇野千代　行動することが生きることである
宇野千代　恋愛作法

宇野千代　私の作ったお惣菜
宇野千代　私の幸福論
宇野千代　幸福は幸福を呼ぶ
宇野千代　私の長生き料理
宇野千代　私何だか死なないような気がするんですよ
宇野千代　薄墨の桜
冲方丁　もらい泣き
海猫沢めろん　ニコニコ時給800円
梅原猛　神々の流竄《るざん》
梅原猛　飛鳥とは何か
梅原猛　日常の思想
梅原猛　聖徳太子1・2・3・4
梅原猛　日本の深層 縄文・蝦夷文化を探る
宇山佳佑　ガールズ・ステップ
宇山佳佑　桜のような僕の恋人
宇山佳佑　今夜、ロマンス劇場で

宇山佳佑　この恋は世界でいちばん美しい雨
江川晴　企業病棟
江國香織　都の子
江國香織　なつのひかり
江國香織　いくつもの週末
江國香織　薔薇《ばら》の木 枇杷《びわ》の木 檸檬《れもん》の木
江國香織　ホテル カクタス
江國香織　モンテロッソのピンクの壁
江國香織　泳ぐのに、安全でも適切でもありません
江國香織　とるにたらないものもの
江國香織　日のあたる白い壁
江國香織　すきまのおともだちたち
江國香織　左岸(上)(下)
江國香織　抱擁、あるいはライスには塩を(上)(下)
江國香織・訳　パールストリートのクレイジー女たち
江國香織　彼女たちの場合は(上)(下)

集英社文庫　目録（日本文学）

江角マキコ　もう迷わない生活
江戸川乱歩　明智小五郎事件簿Ⅰ～Ⅻ
江戸川乱歩　明智小五郎事件簿　戦後編　Ⅰ～Ⅳ
NHKスペシャル取材班　激走！日本アルプス大縦断　密着、トランスジャパンアルプスレース 富山～静岡415km
江原啓之　子どもが危ない！　スピリチュアル・カウンセラーからの警鐘
江原啓之　いのちが危ない！　スピリチュアル・カウンセラーからの提言
M　L change the WorLd
ロバート・D・エルドリッヂ　トモダチ作戦　気仙沼大島と米軍海兵隊の奇跡の〝絆〟
遠藤彩見　みんなで一人旅
遠藤周作　勇気ある言葉
遠藤周作　父　親
遠藤周作　ぐうたら社会学
遠藤周作　愛情セミナー
遠藤周作　ほんとうの私を求めて
遠藤武文　デッド・リミット
逢坂剛　裏切りの日日
逢坂剛　空白の研究
逢坂剛　情状鑑定人
逢坂剛　よみがえる百舌《もず》
逢坂剛　しのびよる月
逢坂剛　水中眼鏡《ゴーグル》の女
逢坂剛　さまよえる脳髄
逢坂剛　配達される女
逢坂剛　鵟《のすり》の巣
逢坂剛　恩はあだで返せ
逢坂剛　おれたちの街
逢坂剛　百舌《もず》の叫ぶ夜
逢坂剛　幻の翼
逢坂剛　砕かれた鍵
逢坂剛　相棒に気をつけろ
逢坂剛　相棒に手を出すな
逢坂剛　大迷走
逢坂剛　墓標なき街
逢坂剛　地獄への近道
逢坂剛他　棋翁戦てんまつ記
逢坂剛　百舌《もず》落とし(上)(下)
大江健三郎・選　何とも知れない未来に
大江健三郎　「話して考える《シンク・トーク》」と「書いて考える《シンク・ライト》」
大江健三郎　読む人間
大岡昇平　靴の話　大岡昇平戦争小説集
大久保淳一　いのちのスタートライン
大沢在昌　悪人海岸探偵局
大沢在昌　無病息災エージェント
大沢在昌　ダブル・トラップ
大沢在昌　死角形の遺産
大沢在昌　絶対安全エージェント
大沢在昌　陽のあたるオヤジ
大沢在昌　野獣駆けろ

集英社文庫　目録（日本文学）

大沢在昌　影絵の騎士
大沢在昌　パンドラ・アイランド(上)(下)
大沢在昌　欧亜純白ユーラシアホワイト(上)(下)
大沢在昌　烙印の森
大沢在昌　漂砂の塔(上)(下)
大沢在昌　夢の島
大沢在昌　黄龍の耳
大沢在昌　罪深き海辺(上)(下)
大島里美　君と1回目の恋
大島里美　サヨナラまでの30分 side：ECHOLL
大城立裕　焼け跡の高校教師
大城立裕　レールの向こう
太田和彦　ニッポンぶらり旅 宇和島の鯛めしは生卵入りだった
太田和彦　ニッポンぶらり旅 アゴの竹輪とドイツビール
太田和彦　ニッポンぶらり旅 熊本の桜納豆は下品でうまい
太田和彦　ニッポンぶらり旅 北の居酒屋の美人ママ

太田和彦　ニッポンぶらり旅 可愛いあの娘《こ》は島育ち
太田和彦　ニッポンぶらり旅 山の宿のひとり酒
太田和彦　おいしい旅 錦市場の木の葉丼とは何か
太田和彦　おいしい旅 夏の終わりの佐渡の居酒屋
太田和彦　おいしい旅 昼の牡蠣そば、夜の渡り蟹
太田和彦　東京居酒屋十二景
太田和彦　町を歩いて、縄のれん
太田和彦　風に吹かれて、旅の酒
太田光　パラレルな世紀への跳躍
大竹伸朗　カスバの男 モロッコ旅日記
大谷映芳　森とほほ笑みの国 ブータン
大槻ケンヂ　わたくしだから改
大橋歩　くらしのきもち
大橋歩　おいしい おいしい
大橋歩　テーブルの上のしあわせ
大橋歩　日々が大切

大前研一　50代からの選択 ビジネスマンは人生の後半にどう備えるべきか
大森寿美男 重松清・原作　アゲイン 28年目の甲子園
岡崎弘明　学校の怪談
岡篠名桜　浪花ふらふら謎草紙
岡篠名桜　見ざるの天神さん 浪花ふらふら謎草紙
岡篠名桜　雪の夜明け 浪花ふらふら謎草紙
岡篠名桜　芝居巡り 浪花ふらふら謎草紙
岡篠名桜　花の懸け橋 浪花ふらふら謎草紙
岡篠名桜　屋上で縁結び
岡篠名桜　屋上で縁結び 日曜日のゆうれい
岡篠名桜　屋上で縁結び 縁つむぎ
岡田裕蔵　小説版ボクは坊さん。
岡野あつこ　ちょっと待ってその離婚！ 幸せはどっちの側に？
岡本嗣郎　終戦のエンペラー 陛下をお救いなさいまし
岡本敏子　奇跡
小川糸　つるかめ助産院

集英社文庫

辻番奮闘記《つじばんふんとうき》 危《き》　急《きゅう》

2017年3月25日　第1刷
2023年2月14日　第6刷

定価はカバーに表示してあります。

著　者　上田秀人《うえだひでと》

発行者　樋口尚也

発行所　株式会社 集英社
東京都千代田区一ツ橋2-5-10　〒101-8050
電話　【編集部】03-3230-6095
【読者係】03-3230-6080
【販売部】03-3230-6393(書店専用)

印　刷　凸版印刷株式会社

製　本　凸版印刷株式会社

フォーマットデザイン　アリヤマデザインストア　　マークデザイン　居山浩二

ISBN978-4-08-745561-8 C0193